시와소금 테마시집

시와소금 시인선 135

시와소금 테마시집

시와소금

이 시대의 서정이 살아있는 시, 새로운 상상력과 이미지를 추구하는 시를 발굴하고 소개하는 《시와소금》에서는 올해도 소금시 앤솔로지를 펴냅니다. 2013년엔 〈소금〉을, 2014년엔 〈술〉을, 2105년엔 〈혀〉를, 2016년엔 〈살〉을, 2017년엔 〈귀〉를, 2018년엔 〈눈〉을, 2019년엔 〈발〉을, 2020년엔 〈코〉를 테마로 소금시집을 엮은 바 있습니다.

올해의 소금시집 앤솔로지는 우리 몸에서 없어서는 안 될 〈손〉으로 테마를 정했습니다.

전국의 많은 시인이 제 나름대로 손의 존재와 가치, 또한 손으로 인해 빚어지는 삶의 내력들을 진솔하게 짚어주셨습니다. 각자의 개성적인 표현을 통해 살아서 움직인다는 것의 소중함을 새삼 깨닫게 해주었습니다.

이제, 시를 사랑하는 분들 앞에 『소금시손』을 자랑스럽게 내놓습니다. 이 시집에 수록된 작품들을 통해서 코로나 팬데믹 속에서도 서로 소통하는 환한 세상이 만들어졌으면 좋겠습니다.

|차례|

|소금시 — 손을 펴내면서|

㉠-1

강영은　강영환　고현수

공광규　구재기　권영상

권정남　권정희　금시아

김광규　김금래　김덕남

강영은

손에 닿다

비워 두었던 집을 찾아간다
무성하게 자란 시간이 기다린다
시간을 쫓는 일이 근황이라면
나의 근황은
몸 밖으로 난 잡초 뽑는 일,
눈앞 잡초 외엔 어떤 세상도 보이지 않고
초록빛 외엔 어떤 빛깔도 보이지 않는다
손이 몸의 주체가 되는 그때
손은 생명을 관장하는 신(神)이어서
잡초인지 아닌지 분별 못 하는
눈이 밝아진다
생각만으로도 마당이 환해질 때가 있다
내 안 어딘가
보이지 않는 손이 있는 것일까,
구부리고 앉아 잡초를 뽑다 보면
손이 먼저 나를 솎아낸다
잡풀 무성한 나는 사라지고
빈 마당 같은 나만 남는다

강영은 _ 2000년 《미네르바》 등단. 시집으로 〈녹색비단구렁이〉 〈최초의 그늘〉 〈풀등, 바다의 등〉 〈마고의 항아리〉 〈상냥한 시론詩論〉 외. 아르코문학창작기금 수혜, 세종 우수도서, 한국출판공사 우수콘텐츠 선정. 한국시예술상, 한국시문학상, 한국문협 작가상, 문학청춘 작품상 수상.

지문 인식

강 영 환

핸드폰 지문 인식이 먹통이다
나를 거부하고 돌아서서
금방 어둠이 되는 얼굴 앞에서
검지를 한번 들여다본다
어느 험한 길을 지나왔기에
지문은 보이지 않는 무늬가 되었을까
외면하는 폰 앞에서 나를 절망한다
등록을 받을 때는 언제고
내뱉기만 하니 난감하다
손가락을 모른다고 잡아떼는 애인 앞에서
무릎 꿇고 사정할 수도
망치로 때려 부술 수도 없어
입 닫은 손가락은 달리 갈 곳이 없다
나를 증명해 보일 방법이 없다
아는 체하지 않는 그대 앞에서
손가락이 없는 나는 부재다

강영환 _ 경남 산청 출생. 1977년 동아일보 신춘문예로 등단. 1979년 《현대문학》 시 천료. 1980년 동아일보 신춘문예 시조 당선. 시집으로 〈달 가는 길〉 〈누구나 길을 잃는다〉 외 다수. 시조집 〈남해〉 외 다수. 산문집 〈술을 만나고 싶다〉가 있음. 이주홍 문학상. 부산작가상. 부산시인상 외.

고
현
수

사라 장

그녀의 바이올린
바이올린 여자

긴 칼

현을 열어 혼의 선율을 켜면
다섯 손가락
환상의 화음을 딛고 퍼지는
영혼의 시

바이올린

붉은 드레스 흐느끼는
검은 머리칼

고현수 _ 2002년 강원일보 신춘문예 등단. 시집으로 〈흰 뼈 같은 사랑〉 〈하늘편지〉 〈포옹〉 있고, 산
문집으로 〈선물〉 〈긍정과 부정의 사유〉가 있음.

아름다운 사이

공
광
규

이쪽 나무와 저쪽 나무가
가지를 뻗어 손을 잡았어요
서로 그늘이 되지 않는 거리에서
잎과 꽃과 열매를 맺는 사이여요

서로 아름다운 거리여서
손톱을 세워 할퀴는 일도 없겠어요
손목을 비틀어 가지를 부러뜨리거나
서로 가두는 감옥이나 무덤이 되는 일도

이쪽에서 바람 불면
저쪽 나무가 버텨주는 거리
저쪽 나무가 쓰러질 때
이쪽 나무가 받쳐주는 사이 말이에요

공광규 _ 1986년 월간 《동서문학》 등단. 시집으로 〈담장을 허물다〉 〈금강산〉 외 다수. 신석정문학상, 디카시작품상, '작가가 선정한 올해의 가장 좋은 시 상, 고양행주문학상, 현대불교문학상, 김만중문학 상(금상), 동국문학상, 윤동주상문학대상, 신라문학대상 등.

구
재
기

거미손

거미가 밤새
거미줄을 쳐 놓았다
간밤 어둠까지 송두리째 움켜쥔
미다스의 넝쿨손, 탱자나무 가시 사이로
등넝쿨 칡넝쿨 으름넝쿨처럼
이리저리 얽히고설킨
허공을 틀어쥐었다
아침이슬 방울방울에까지
햇살 한 줌씩 그러쥔 채로
입맛을, 쩝쩝, 북돋워댔다
미다스의 넝쿨손 마디마디
바람이 지나자
눈부신 햇살이, 와르르, 쏟아졌다
미다스의 넝쿨손에 낚아 채인
샛노란 은행나무 잎새 하나
마지막 긁어쥔
황금은 시방, 몹시 위태하다

* 미다스(Midas) : 자신의 딸을 손으로 만졌을 때, 딸이 금으로 변하는 등 만지는 모든 것이 황금으로
변하는 것으로 널리 알려져 있는, 그리스 신화에 나오는 임금. 오늘날 미다스는 '탐욕, 과욕'을, 미다스의
손(Midas touch)은 돈 버는 재주라는 뜻을 지닌다.

구재기 _ 충남 서천 출생. 1978년 《현대시학》 등단. 시집 〈모시올 사이로 바람이〉 〈목마르다〉 〈제일
로 작은 그릇〉과 시선집 〈구름은 무게를 버리며 간다〉 등 다수. 충남도문화상, 시예술상본상, 충남시협
본상, 한남문인상, 신석초문학상, 한국문학상 등 수상. 충남문인협회장 및 충남시인협회장 역임. 현재
40여 년의 교직에서 물러나 〈산애재蒜艾齋〉에서 야생화를 가꾸며 살고 있음.

손

소금시
손

오른손은 바르다.
오른손이니까 항상 옳다.
항상 정의롭고 정직하다.

오른손이 있었기에
연필로 글씨를 배우고
망치로 못을 박아 집을 지었다.

오른손은 항상 부지런하고
오른손이 만든 역사를 위대하다.

그러나 이들의 왼손도 있다.
람세스, 잔 다르크, 레오나르도 다빈치,
미켈란젤로, 뉴턴, 베토벤
그리고 세상을 웃긴 찰리 채플린.

이들의 왼손이 있어서
세상은 더욱 완전해졌다.

권
영
상

권영상 _ 강릉의 초당 출생. 강원일보 신춘문예와 《소년중앙》 문학상으로 등단. 〈엄마와 털실뭉치〉〈내 별엔 풍차가 있다〉〈고양이와 나무〉 등의 동시 동화집 출간. 세종아동문학상, MBC 동화대상, 소천아동문학상, 방정환문학상 등 수상. 한국동시문학회 회장 역임. 칼럼리스트.

미끄러진 웃음

권
정
남

뻐딱하던 그의 하늘이 파안대소한다
이빨 사이에 꼭꼭 박혀있던 웃음이 미끄러지더니
모딜리아니 닮은 긴 목이 스프링처럼 흔들린다

연둣빛 대궁 위 파꽃처럼 피어나던 그의 노래가
민들레 홀씨였다가 비눗방울이었다가
둥글게 둥글게 뇌성마비 그의 하늘을 날아다닌다
손대신 왼쪽 엄지발가락 사이에 붓을 끼우고
달을 그리다가 예수를 그려놓고
도달하지 못한 세상은 여백으로 남겨 둔 채
작은 막대기를 입에 물고 자판기를
두드리며 詩를 쓴다

소맷자락에 매달려있는 감각 없는 두 손과
기웃기웃 출렁거리는 두 다리로
세상을 혼자서 끌고 가는 그의 얼굴엔
해바라기꽃 웃음이 주르르 미끄러진다

권정남 _ 1987년 《시와의식》 등단. 시집으로 〈속초 바람〉 외 3권. 강원문학상 외 다수 수상. 한국문인협회 회원, 강원문인협회, 속초문인협회 회원

접촉

소금시
손

권정희

네 손이 슬며시 닿았다 떨어질 때

손가락 마디마디
번져오던 혈의 꽃

저마다
환하게 핀다

손금마다
봄이다

권정희 _ 2015년 《시와소금》 봄호 신인상 당선. 시집으로 〈별은 눈물로 뜬다〉가 있음. 광진문학상
시조 대상, 천강문학상 시조 대상, 3 · 1절 만해백일장 대상 수상.

금
시
아

소파 화분

딱지를 붙이고 퇴출당한
소파 하나,
텃밭에 나앉았다

소파의 질문에는 카드 점을 펼쳐라

운명의 수레바퀴는
텃밭 귀퉁이만큼 돌았을까

소파의 카드점이 수레바퀴를 배열하면
상상과 은유를 동원해

손은 방법方法을 한다

소파의 양팔과 몸뚱이에
창포꽃 만발해 있다

금시아 _ 2014년 《시와표현》 등단. 시집으로 〈입술을 줍다〉 〈툭,의 녹취록〉 〈금시아의 춘천詩 _ 미훈
微醺에 들다〉가 있음. 산문집 〈뜻밖의 만남, Ana〉. 여성조선문학상 대상, 강원여성문학상 우수상, 춘천
문학상, 김유정기억하기 전국공모전 대상.

그 손

김
광
규

그것은 커다란 손 같았다
밑에서 받쳐주는 든든한 손
쓰러지거나 떨어지지 않도록
옆에서 감싸주는 따뜻한 손
바람처럼 스쳐 가는
보이지 않는 손
누구도 잡을 수 없는
물과 같은 손
시간의 물결 위로 떠내려가는
꽃잎처럼 가녀린 손
아픈 마음 쓰다듬어주는
부드러운 손
팔을 뻗쳐도 닿을락 말락
끝내 놓쳐버린 손
커다란 오동잎처럼 보이던
그 손

김광규 _ 1975년 《문학과 지성》을 통하여 등단. 시집으로 《우리를 적시는 마지막 꿈》 외 10권. 시선집으로 《안개의 나라》, 산문집으로 《천천히 올라가는 계단》 등이 있음.

손

김
금
래

꼭 쥔
나팔꽃 씨앗주먹을

흙이 품어 안고 살살
펴주었어

주먹으론
손을 흔들 수 없다고
나팔도 불 수 없다고

안녕!
오늘 손끝이 쏘옥 올라왔다

김금래 _ 2004년 부산일보 신춘문예 동시 당선. 2009년 눈높이 아동문학대전 동시 대상 수상. 동시집 〈큰 바위 아저씨〉 〈꽃피는 보푸라기〉가 있음. 2015년 초등 5학년 국어교과서에 동시 「몽돌」 실림. 2018년 창원아동문학상 수상.

탄발지彈發指*

딸까닥 격발하는가, 손가락이 수상하다
나 몰래 잠복했던 적군이 움직이나

반란은 눈 깜짝할 새 온다
닳아진 지문 사이

시뻘건 눈빛으로 키보드 두드린 죄
밝은 달 가리키며 함부로 손가락질한 죄

봉숭아 꽃물들이며
어르다가
달래다가

* 탄발지(彈發指) : 손가락 하나가 잘 펴지지 않는, 억지로 펴면 총을 격발할 때처럼 딸까닥 소리가 남.

김
덕
남

김덕남 _ 2011년 국제신문 신춘문예 당선. 시조집으로 〈젖꽃판〉〈변산바람꽃〉〈거울 속 남자〉와 현대시조 100인 선으로 〈봄 탓이로다〉가 있음. 올해의시조집상. 이호우·이영도시조문학상 신인상 등 수상.

㉠-2

김도향　김명수　김미숙

김선아　김성호　김숙영

김양숙　김완하　김재천

김정미　김종원　김진광

김현지

김도향

손

식은 그릇 따뜻한 밥이 데워주듯
그 손은 따뜻한 밥이었다
그냥은 허전해서
꼭 한번 잡고 싶은 손이었다
늘 허기진 공복이어서
채워 줄 그릇이 필요했다
그 손은 생각할수록
또 다른 얼굴이었다

김도향 _ 1963년 군위 출생 2017년 《시와소금》 등단. 시집으로 〈와각을 위하여〉 〈맨드라미 초상〉이
있음. 대구문인협회, 대구시인협회, 죽순문학회, 여성문학회 회원.

소금시
소

손에 감사

정말, 고마운 인사 하나 올린다
세상 태어나서 지금까지
너무 그대를 혹사시켰고
너무 그대에 의존해왔고
너무 그대에 목숨을 걸었다

내 몸 구석구석
그대 손길 안 간 곳이 있더냐
내 마음 곳곳이
그대 사랑 안 간 곳이 있더냐
내 하는 일 모두
그대의 땀과 눈물 아니더냐

정말 고맙다
정말 미안하다
정말 사랑스럽다

그러기에 오늘도 난
그대 안에서 행복을 찾는다

김
명
수

김명수 _ 충남 당진 합덕 출생. 1980년 《현대시학》 등단. 시집으로 〈질경이〉 〈11월엔 바람소리도 시를 쓴다〉 외 6권. 웅진문학상, 대전시인간, 충남문학대상 수상.

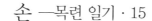

김미숙

손 —목련 일기 · 15

칠십 년 세월 싹 지우고
일곱 살로 되돌아온 용팔 어르신

크레파스는 무섭고 도화지는 무겁다며
두 손 호주머니에 꼭꼭 숨겨뒀다가
식사 때만 꺼낸다

자동차에 부딪쳐 비뚤어져 버린 손
게걸음으로 걷는 다리처럼
인생도 어긋나 살아온 칠십 년을 분실하고
두려움에 숨기는 그 손 붙들고
줄긋기 동그라미만 그려온 지 열두 달

그런 오늘 일곱 살 용팔 씨는 내 손을 이끌고
제 그림을 보라한다

"누나야, 이거 봐! 이쁘지? 이쁘지?
음, 이건 하늘이고 이건 바다거든!

자랑쟁이, 열 살 많은 내 동생
이제는 손가락에 묶어준 크레파스로
저만의 세상 혼자 그리고 있다

김미숙 _ 1998년 《시와시학》 등단. 교육학박사. 시집으로 〈저승, 톨게이트〉 외 7권, 그림동화집 〈양말모자〉 가 있음. 시와시학 젊은시인상. 만해 님 시인 작품상 외 다수. 현재 시와시학동인회 회장.

당신 손을 놓았을 것이네

김선아

꽃의 비밀이 핏줄에 숨어 있었네
내 몸속 핏줄은 지구 두 바퀴 반
당신 손을 잡으면 지구 다섯 바퀴
당신과 빙글빙글 돌자 했네
수많은 꽃이 핏줄 속에서 피었다 지곤 했네
울그락꽃 불그락꽃 푸르락꽃
때로는 노르락꽃
웃음꽃
열꽃
헛꽃
다만 그 꽃들의 비밀을 경청하다 처연해 했을 뿐
지구 다섯 바퀴 그 길에
빨간 장미
노란 수선화
혹은 파란 달개비
한 가지 꽃으로 무성했다면
왔던 길을 후회했을 것이네

당신 손을 놓았을 것이네

김선아 _ 2011년 《문학청춘》 신인상으로 등단. 시집으로 〈얼룩이라는 무늬〉가 있음. 제 3회 김명배 문학상 대상.

김
성
호

부끄러운 손

손끝으로 부싯돌을 쳐 건초 더미에
솜꽃을 활활 피울지라도
칼과 흉기와 총포를 움켜들고
유약자와 노녀자를 위협하지 마라.

매화 모란 산수유 해당화 쓰다듬을지언정
몸에 좋다는 꽃잎 죄 따내어 잔가지 꺾어대며
초화수목 뿌리째 뽑아 야수들 내치지 말고
벌 나비 벌레 깃들 곳마저 빼앗지 마라.

산정에 올라 창천을 우러를지언정
계곡에서 돌아내려 강 따라 바다로 향할 때
탐욕의 부끄럼도 모르고 오물을 내던지면서
스티로폼 비닐 남북극까지 띄우지 마라.

채소와 물고기며 나물로 요리해 먹을지언정
사슴 곰 자라 악어 낙타 생피 마시지 말고
어미 박쥐 새끼 칠 밀원마저 빼앗는 마수를 펼쳐
철새 떼 함께 몰사를 불러 염병균 들끓게 하지 마라.

김성호 _ 2002년《현대시》2002년 등단. 1994년 《시조문학》 추천완료. 시집 《소리의 하늘》 《소리의
여행》 《보도블록에 깃든 숨결》 《연약함이 강함을 용서한다》가 있음.

SNS

소금시
손

손은 많은데 보이지 않는다

만진 흔적은 있는데 실체가 없다

밤새 은밀해진 손과 톱

자꾸 자라나
나를 할퀴고 찌르고 편을 가른다

내상을 입었는데
좋아요가 수백 개나 달린다

손이 가진 1회용 감정

힘내요 웃겨요 멋져요 슬퍼요 최고예요 화나요가
마구 섞인다

손이 두렵다
믿을 수 없다

죄와 용서가 점점 더 무뎌진다
이제부터는 무손을 사랑해야겠다

김숙영 _ 2019년 《열린시학》 등단. 2021년 《바다문학상》 대상 수상.

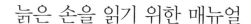

늙은 손을 읽기 위한 매뉴얼

김
양
숙

길모퉁이 돌아 나오는 늙은 바람을 믿지 말자
금 간 마음의 뼈를 품고 있으므로
툭 불거진 혈관을 타고 오르는 죄는 못 본 척하자
죄의 원천은 처음부터 왼손이었음으로
손바닥에 그려진 죄의 길이 모래의 시간이었다고 믿지 말
자
손등에 쌓인 옹이는 기도의 징표였으므로

약속과 이별 사이
간극에 걸려 넘어진 시간 속에서 빗줄기의 흔적을 찾지 마
라
두 손으로 새긴 기도는 모두 심장으로 흘러갔으므로
무엇이든 손으로 말하던 시절
손으로 쌓아올린 성벽 뒤에는 얼마나 많은 이별이 들어
있었을까

움켜쥘 때마다 바람의 시간은 바람이었고 비의 시간은 비
였고 모래의 시간은 모래였으므로 놓아버리거나 잃을 것을
생각하지 못한 죄가 닳아버린 손금 사이로 남아있는 시간을
흘리고 있다

김양숙 _ 제주 출생. 1990년 《문학과의식》 등단. 시집으로 〈지금은 뼈를 세우는 중이다〉 〈기둥서방
길들이기〉가 있음. 한국시인상, 시와산문 작품상 수상. 광화문시인회 회원.

아내의 손

눈밭을 쓰는 조심스런 손끝으로
내가 모르던 점 하나,
아내는 나의 등에서 짚어낸다

쌓아 온 세월 어느 한켠에서
이 점은 자라온 것일까
손닿지 않는 곳
무수히 점은 있는가

창밖을 쓸고 가는 바람 소리에 깨어
늦은 저녁상을 물리고,
눈 속에 버리고 온 발자국이 부끄러운데

창밖에서는
추운 나뭇가지에서 떨어지는
눈덩이,
시린 나무 밑둥을 덮어준다

김
완
하

김완하 _ 경기도 안성 출생. 1987년 《문학사상》 신인상으로 등단. 시집으로 〈길은 마을에 닿는다〉〈그리움 없인 저 별 내 가슴에 닿지 못한다〉〈네가 밟고 가는 바다〉〈허공이 키우는 나무〉〈절정〉〈집 우물〉 등이 있음. 소월시우수상, 시와시학상 젊은시인상, 대전시문화상, 충남시협 본상 등 수상. 한남대학교 국어국문창작학과 교수. 사회문화대학원 주임교수. UC 버클리 객원교수 역임. 현재 《시와정신》 편집인 겸 주간. 한남문인회 회장.

이브의 손

김
재
천

어미의 손은 명을 거역한 채 원죄 속에 갇히우고
어미의 아들도 배가본드의 숙명을 짊어지는 원죄 속에서
허덕인다

아비는 딸을 낳지 못하는 어미를 데리고
실낙원으로 쫓겨나고
질병을 만드는 후손들은 그 고통을 어이 견딘단 말인가

"한 줌 흙으로" 원죄의 끝을 맺는 아비와 어미는
천형天刑으로 속죄되고 후손들은 거듭나는 희망 속에서
영원을 꿈꾼다

김재천 _ 충남 홍성 출생. 2012년 《문학예술》 등단. 시집으로 〈그리고 남아있는 것들은〉이 있음. 현재 한국문인협회 회원, 충남문협 부회장, 충남시협 이사, 서안시문학회 회장.

봄밤

소금시

손

김
정
미

까마귀 부리는 그날 운세였다
환풍기 날개 깊숙이 붉은 패를 밀어 넣고
아랑곳하지 않는
제발과 잠시 불타버렸다

고딕의 자세를 놓쳐버린 모서리들이
홀로 어두워져 얼룩을 남기고 흐느끼다가 깊어졌다

오늘은 비를 맞아도 젖지 않는다는 이상한 점괘처럼
내 손에 미끄러져
죽은 새를 죽은 패로 자꾸 잘못 발음했다
퉁퉁 불은 손금에서
검은 재가 묻은 새를 본 것도 같다

아무래도 울면 나쁜 패를 손에 쥐는 일이어서
나는 조용하게 밥을 지었다

고요를 건너와서 나를 응시하는
저 적의 가득한 눈동자를 어디서 보았을까
모른 척하고 싶었지만 모른 척 할 수 없는 손이 넘쳐나는
봄밤이었다

김정미 _ 2015년 《시와소금》 등단. 2009년 《계간수필》 등단. 시집으로 《오베르 밀밭의 귀》와 산문집
《비빔밥과 모차르트》가 있음. 춘천문학상 수상.

김종원

손

손 마주 잡으면
왠지 가슴이 따뜻해지지
많은 날들
꽉 움켜잡고 버티어 온 순간들
조금씩 놓아 버리면
비로소 가벼워질 수 있을는지

문득 뒤돌아보면
어둠 속 저만치서
힘들어도
초조해하지 말라고
너무 가슴 조이지도 말라고
손 흔들며 웃어주던 눈빛
왠지 가슴 깊숙이 쓸쓸해지던 밤

손으로 가려도
다 가려지지 않는
부끄러움은 여기 그대로 남아 있고

김종원 _ 1960년 울산 출생. 1986년 《시인》 등단. 시집으로 〈흐르는 것은 아름답다〉 〈새벽, 7번 국도를 따라가다〉 〈다시 새벽이 오면〉 〈어둠이 깊을수록 더욱 빛나는 별같이 살라하고〉 〈길 위에 누워 자는 길〉 등. 울산문화재단 문예진흥기금(4회) 수혜

타짜

사람들의 욕망의 끝은 어디일까
언제나 욕망의 끝은 절벽 끝에 있다
인생은 고를 외칠지, 스톱을 외칠지
노름판이 끝나야 알 수 있는 것처럼

스펙을 쌓아도 굳게 닫힌 취직의 꿈
천정부지로 오르는 꿈이 된 아파트의 꿈
포기하는 사람들의 절벽 끝 꿈이
복권으로, 주식으로, 가상화폐로 피어난다

손재주와 승부욕과 뱃장이 두둑한 사람은
타짜로 성공할 수 있는 멋진 승부의 세계
세상은 짜고 치는 고스톱이라는 말이 있듯
그 누구도 믿어서는 안 되는 꽃들의 전쟁
인생이 걸린, 목숨이 걸린, 한 판 승부를 위해

욕망의 끝은 절벽 끝에 있어, 우리는 언제나
동전의 양면성처럼 주사위처럼 던져지고
인생은 고와 스톱 한 판에 승부가 갈린다

서부활극의 멋진 총잡이들처럼 언젠가
더 멋진 총잡이를 만나 인생을 마감하겠지만

김진광 _ 1980년 《소년》 및 《현대시학》 등단. 시집으로 《시가 쌀이 되던 날》 외 다수. 매일신문 신춘 문예, 윤석중문학상, 어효선아동문학상, 강원문학상, 한국동서문학상, 한국동요음악대상(작사부문) 등 가곡과 동요 2000여 편이 작곡되었고, 한국음악저작권협회에 60여 곡이 등록되었음.

김
진
광

기도하는 손

김
현
지

살얼음 에이는 정월 신 새벽 부뚜막에
빨간 황토 한 덩이, 솔가지 두엇 꺾어놓고
하얀 소지 올리며 식솔들 평안을 빌든
그때 내 어머니 꼭 모아진 두 손이 내게 말하고 있네요

놉이 열이면 뭐 하나,
네 손이 네 연장이고 언덕이고 기도처인 걸

그때의 트라우마 때문이었어요
내 몸의 어느 장기하나 머리칼 하나
목숨의 결정체 아닌 것 없는데 어느 날
속수무책, 손목의 혈 자리가 닫혀버리던

그날 이후 나는 자주 두 손을 모읍니다
이제 아프지 마라, 아프지 말자, 하면서
마지막 기도문처럼 간절히 내가 내 손을 위해
아니, 지상에 손이 아픈 모든 이를 위해,

김현지 _ 1988년 《월간문학》 신인상 등단. 시집으로 〈연어 일기〉 〈포아풀을 위하여〉 〈그늘 한 평〉 등
이 있음. 동국문학상, 시인들이 뽑는 시인상 수상.

ㄴ ~ ㅂ

나고음   남연우   남태식

노혜봉   려 원   류미야

류윤모   문창갑   박명숙

박미숙   박분필   박수현

박영미   박옥위   박정숙

박중기   박해림   백혜자

복효근

나
고
음

내 손이 내 딸

다 큰 딸을 앉혀놓고 혼자 일 다 하시며
엄마는 "내 손이 내 딸이야" 하셨다

앉혀놓을 딸도 없는 지금
엄마의 그 말을 생각한다

힘들지만 빨리 해치워서였을까
도와주지 않는 딸이 서운해서였을까

나고음 _ 2002년 《미네르바》 등단. 시집으로 〈불꽃가마〉 〈저, 끌림〉 〈페르시안블루, 꿈을 꾸는 흙〉 〈그랑드 자트 섬의 오후로 간다〉가 있음. 서울시문학상, 숲속의시인상, 바움작품상, 한국시문학상 수상.

자라지 않는 손톱

소금시 소

남 연 우

생인손을 앓은 그 손톱은
궂은 비 혼자 맞는 맞배지붕같이
세모꼴 각이 져 있다
그 손톱은 자라지 않는다
뿌리가 말랐다
새봄이 돌아와도 살그래 내미는
새순이 없다
그 손톱은 무른 연필을 쥐고
자신의 이름을 써본 적이 없다

날이면 날마다 쇠꼬챙이 호미질
도마질에 톱질 당한
톱밥이 떨어진다
손금이 긋는 이랑 사이로
모래톱에 물 빠지듯
바닥 젖은 손이다
자세히 들여다보면
인생 경전이 쓰여 있다
내 어머니 손은

남연우 _ 2017년 《시와소금》 시 등단. 2019년 《시와정신》 포에세이 등단. 시집으로 〈푸른발부비새 발자국〉 외 2권.

남
태
식

손들

제때 손 안 내밀어
뒤집혀 가라앉는 배 앞에서
나는 묶인 손.

나는 촛불을 드는 손,
내미는 당신들의 손을
잡는 손, 포개는 손, 내맡기는 손.

하지만 당신들은 연속으로
나중에, 나중에, 나중에…
밀어내는 손, 휘젓는 손,
꺾는 손, 뒤집는 손,
올리기는커녕 도리어
배들을 더 내리누르는 손.

나는 촛불을 들었던 손,
이제는 거두는 손,
뒤집힌 판을 다시 뒤집는 손.

남태식 _ 2003년 《리토피아》 등단. 시집으로 《망상가들의 마을》 《상처를 만지다》 외 김구용 시 문학
상 수상 외

두 손안에 살고 있는 책들의 문향聞香

노
혜
봉

주먹 쥔 손에는 만권의 책이 주름 속에서 숨을 쉬고 있다
손등 푸르게 새겨진 심줄을 어렵사리 따라가면
어린 왕자의 별이 초록별에게 불화살을 쏘아 보낸다
반달손톱은 수십만 개의 눈을 밝혀 나비잠을 찾는다
거문고자리까지 그이의 펜 끝에 업혀 곤히 잠든 그녀

손바닥 내지內紙엔 바람칼 같은 문장이 매듭 골짜기 주름마다
그녀의 흑갈색 눈빛을 자작나무에 번져들게 기다리는 밤
네가, 내로라 엄지를 높이 들면 검지인 난, 연인의 이름을
목청껏 외오치며 부르는 메아리지, 널 꽉 잡고 다잡는,

난, 네 소리의 색깔을 섞어 홀로 손가락을 문지르는 거야
지문이 지워질 때, 약지로 글자의 소리가 지워질 때,
손톱 끝에서 끝으로 하염없이 글자 점을 찍는 거야
손바닥은 두 장의 오목한 책거울, 숨겨진 마음을 듣는다

빼곡하게 토해놓은 몸피들의 뒤안길 서늘한 심중心中, 땀방울
문장들이 손거울을 다독여 자서전 쪽문을 열고선 눈마중하는.

노혜봉 _ 1990년 《문학정신》 등단. 시집으로 《산화가》 《쇠귀, 저 깊은 골짝》 《봄빛 절벽》 《見者, 첫눈에 반해서》 등이 있음.

손톱에 별들의 수다

손톱에 희디흰 반달
유별나게
별들은 찡끗

마스크를 쓴 행성들은 담담한 아련함으로 밤새 뒤척이다
흐른다 손에 흐르는 별빛 그리운 얼굴이 빨간 매니큐어를
바르고 당신 앞에 천박하게 굴면

—안 되겠어

손톱을 기르다가 별의별 잔소리에 귀가 소스라친다 별나
게 살다보면 별들도 별난 풍선껌 하나 사서 불겠지

—정말 안 되겠어

딱딱한 별들을 씹으면 어금니도 미성숙한 조반월이라는
것 별의별 수다를 떨다가 어느새 손톱은 무섭게 자란다 자
라서 0.1mm씩 반달이 된다

려 원 _ 2015년 《시와표현》 등단. 시집으로 《꽃들이 꺼지는 순간》 등이 있음.

장마

소금시
손

류
미
야

찬 새벽 가슴에 장대비 꽂습니다

바늘귀를 꿰려다 기억에 찔립니다

무언가
더 기워보는데

손등에 와 젖는 비

류미야 _ 2015년 《유심》 시조 등단. 시집으로 〈눈먼 말의 해변〉 〈아름다운 것들은 왜 늦게 도착하는
지〉가 있음. 중앙시조신인상 등 수상.

류
윤
모

자음 모음

콩 심은데 콩 나고 팥 심은데 팥 나는 대지의 정직성

첫 새벽부터, 낫 놓고 기역 자도 모르는 눈 감고도 훤한 까막눈의
박막례 할머니는 서툰 점자 짚어가듯 더듬더듬
한 구멍마다 세 톨씩 콩을…
만백성 목구멍 포도청에 거미줄 안 치게 은덕을 입혀주신 대지에 한 톨
너도 먹고 살라며 들쥐에게도 한 톨, 날 짐승에게도 한 톨

만종처럼 경건히 펼쳐진 대지의 페이지 위를 엉금엉금 기며
거친 손마디로 짚어가고 있다, 자음 모음을…

류윤모 _ 2008년 《예술세계》 등단. 시집으로 《내 생의 빛나던 한순간》 외.

손들아, 쪼그마한 손들아

매미들의 통곡으로 흥건하게 젖어 있다.
매미채를 앞세우고 여름 숲을 휘젓고 온 눈 맑은 아이들의
손.
잡힌 매미들, 아주 황당하리라.
무탈 없이 살아봤자 보름 남짓인데
그 짧은 삶도 못 누리고 더 일찍 저승 가는 신세가 되었
으니.
소싯적 악동 시절의 내가 그랬듯이
세상의 모든 것이 놀이터고 장난감인 저 악동들은
산목숨 그대로 매미들을 놓아주지 않을 것이다.
보이지 않으니까, 지금은
제 손우물에 고이는 울음의 실체가 보이지 않으니까…….
어쩌냐, 저 무구한 매미들의 절체절명을.
손들아, 울음 움켜쥔 쪼그마한 손들아,
그 슬픈 장난감들 훌훌 날려 보내면 안 되겠니?
놓아주면 안 되겠니?

문창갑 _ 1989년 《문학정신》 등단. 시집으로 〈깊은 밤 홀로 깨어〉 〈빈집 하나 등에 지고〉 〈코뿔소〉
등이 있음.

추야우중

박
명
숙

가파른 밤

가을비가
수컷으로 타오른다

목울대 우렁우렁
진창으로 타오른다

불빛을 물레 돌리는
검은 팔뚝이

쇠비리다

박명숙 _ 1993년 중앙일보 신춘문예 시조 당선. 1999년 문화일보 신춘문예 시 당선. 시집으로 〈그늘의 문장〉 외 중앙시조 대상 수상 외 중앙시조 대상, 이호우 · 이영도문학상, 김상옥문학상 등 수상.

만능 손

소금시
손

박
미
숙

아빠 손은 수리공
여기저기 고장난 곳
뚝딱뚝딱 고치고

엄마 손은 요리사
맛있는 음식들
조물조물 만들고

형아 손은 게이머
컴퓨터 속, 악당들
픽픽 쓰러뜨리고

내 손은 장난꾸러기
탕탕, 쿵쿵
하루종일 뛰다가

우리가족 모두 합체하면
만능 손, 되지요

박미숙 _ 2019년 《시와소금》 동시 신인상 등단.

소금시
손

박
분
필

부족한 손

그 아침 우연히 지나치다
풀숲에 떨어진 모과 한 알을 보았고
무심코 올려다본 순간
샛노랗게 빛나던 별들, 하루가 눈부셨다

모과나무 밑 바위에 앉아 나는 계절을
읽었고 가을을 필사했는데
모두가 추락하던 그 순간이 아찔해 까맣게 질렸을까
때를 놓친 모과 한 알이 아직도
뛰어내리지 못하고 매달려있다

이때껏 젖 먹여 키워준 어미나무도
무작정 매달리는 부족한 손을 차마 놓지 못하고
꼭 잡고 있다

뜨거운 한 장면을
봄눈이 촉촉하게 식혀준다

박분필 _ 1996년 《시와시학》으로 작품활동 시작. 시집으로 〈산고양이를 보다〉〈바다의 골목〉 외 다
수. 문학청춘 작품상 등 수상. 현재 《시와소금》 편집기획위원.

장갑

나는 태어나면서 새끼손가락 한 마디를 분실했다
그냥 그렇다는 말이다
그래도 서랍장 속엔 흰 레이스가 달린 장갑
검정 가죽장갑, 털실로 포근히 뜨개질한 연분홍색 장갑이
의좋게 깍지를 끼고 논다
피아노 건반을 두드리고 싶은 손가락들
기타 줄을 튕기고 싶은 손가락들
열 손가락에 식솔처럼 딸린
생각들이 많아져서 그림자가 치렁하다
설거지 때 접시가 미끄덩하며 미끄러져도
컴퓨터 자판에서 오자가 생게망게로 날아올라도
나 대신 서랍장 속에서 의좋게 노는
흰 레이스가 달린 장갑 깜장 가죽장갑
벙어리장갑이 데리고 길 떠났던 소녀가 돌아오지 않아도
털실로 포근히 뜨개질한 연분홍 장갑을 생각하면
나는 손이 참 아름다운 사람
그냥 그렇다는 말이다

박수현 _ 대구광역시 출생 2003년 《시인》 등단. 시집으로 《운문호 붕어찜》 《복사뼈를 만지다》 《샌드
페인팅》 등이 있음. 2011년 서울문화재단 창작기금 수혜, 2018년 한국문화예술위원회 아르코 창작기
금 수혜. 2020년 동천 문학상 수상.

박
수
현

박
영
미

마지막 인사

부재不在는 손으로 다가왔다

수의壽衣보다 낯설었던 손의 냉기冷氣

손을 떨구듯 빗방울이 떨어졌다
손에 눈물을 받아 얼굴을 묻었다
통곡痛哭이 하늘을 흔들자
소스라치게 차가운 기운이 실려왔다

이별의 감각은 차가운 손

손을 저어 약속한 만큼의 그리움 끝에
기어이 온기를 기억해낸 꿈 같은 밤
이별은 회상이 되고 손은 따뜻해져 왔다

내 안에서 다시 살아나신 어머니

아아 어머니

박영미 _ 서울 출생. 2020년 《시와소금》으로 작품활동 시작함. 시집으로 〈여름은 가도 나는 너를 잊지 못한다〉가 있음.

아름다운 손

박
옥
위

잡고 있는 모든 것은 손이다
오이는 오이의 손으로 잡고
나팔꽃은 나팔꽃의 손으로 잡는다
완두콩은 완두콩의 손으로 일어서고
수세미는 수세미의 손으로 일어선다
여린 것들이 내미는 손은 부드럽다
그들을 위해 손이 되어주는 일은 아름답다
아이는 어른의 손을 잡고 일어선다

손이란 일이다
그러므로 손은 거룩하고
아름답고 거칠지만 따뜻하다

박옥위 _ 1965년 《새교실》 시. 1983년 《현대시조》와 《시조문학》 천료. 시조집으로 〈그리운 우물〉〈조각보평전〉〈낙엽단상〉 등 12권. 초등교직 38년 봉직 〈국민훈장동백장〉 수훈. 성파시조문학상, 이영도시조문학상, 김상옥시조문학상 외 다수. 부산문협부회장, 여성문인협회회장, 기장문인협회회장 역임. 문화공간 숲 운영.

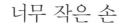
박
정
숙

너무 작은 손

팔순 앞둔 손 큰 언니 세 분 모시고 속초 나들이 갔었지.
세상은 온통 내 품에서 초록으로 변하고 있었어.

언니 1 : 음음~. 그때 명동에 있는 그 양장점이 최고였지,
막 긁어모았어.
언니 2 : 옷 공장 하면서 막 모으던 시절이 있었지, 내가
중매한 미싱사 다 부자 됐지.
언니 3 : 집 장사가 최고였어. 헌집 수리해 새집으로, 새집
쪼개 분양할 때 돈도 절로 새끼 쳤어…,

수시로 주름진 굽은 손은 스마트 폰으로 금리 외환 주식
시세 확인하며, 이 언니들 아직도 잡아야 할 것 많고 추억도
많아 서로 경험담 늘어놓지만 막내인 나는 그저 손 안에 든
핸들이나 꼭 잡은 채 내비게이션을 따라가기만 한다.

스마트 폰도 핸들도 손에서 내려놓기 쉽지 않은 먼 여행
길, 녹초가 되어도 한바탕 웃었던 나들이에 모두 생기가 도
는 거 있지? 일생동안 그 무거운 황금빛 추억의 그림자 지
고 다니는 큰손 언니들 손 사실은 너무 가늘고 작았어. 운전
하는 내 손보다 작은 거 있지.

박정숙 _ 경남 창원 출생. 2019년 《영남문학》 겨울호 신인문학상 수상으로 등단. 계간문예 작가회
이사, 사)영남문학예술인협회, 한국문인협회 회원.

육손

박
중
기

오른손 엄지 손등에 사슴뿔 하나 돋았다

외뿔이라는 놀림에 고립무원이 된 사슴이었다

사슴이 살지 않는 소록도 외로운 섬에 갇혔다

손으로 전이된 업보가 눈물의 기원이 되었다

맹수에게 목덜미를 물린 채 죽음으로 기울지 않으려는 처절한 발버둥, 목젖을 타고내리는 검붉은 피, 점점 가빠오는 숨결, 체념을 읽어버린 그렁그렁한 눈망울, 동물의 왕국 한 장면 지척에서 지켜본다

그래도 삶은 이어져야 한다는 오직, 일념으로 기도하던 손, 공손한 손, 착한 손, 손, 손, 손

어린아이가 어른이 되고, 되고

녹각을 제거하고 빠져버린 밀물에 뭍으로 향하는 길 나던 날

마음 먼저 달려가 술 한잔 올리고 오른손 장갑 한 짝 진설한다

안개 속에 사라진 소록도, 외뿔 사슴 멸종되었다

박중기 _ 2010년 《문장21》 등단. 시집으로 〈문장을 완성하다〉가 있음. 춘천 수향시낭송회 회원. 시 산맥 특별회원. 들불 문학회 회원 현재 홍천여자고등학교 교사.

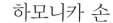

박
해
림

하모니카 손

우릿한 밥 냄새 해지개 저녁 부엌에서는 달그락달그락 그
릇 부딪히는 소리

사각사각 무 써는 소리 꺽뚝꺽뚝 파 써는 소리, 소리 냉장
고 달깍 닫히는 소리

흐드러진 푸성귀 위에

흔쾌한 물 쏟아지는 소리, 소리, 소리가

식탁 위에는 달강달강 숟가락 부딪는 소리 수수이삭 고개
맞댄 달캉달캉

아이들 웃음소리 어제 그랬던 것처럼 햇미나리 만찬의 흥
겨운 소리, 소리달큰한 오랜 책 한 권이 활짝 펼쳐지는 소
리, 소리, 소리가

손과 손이 만나 손과 손이 익어가는 소리, 소리 어제의 손
이 오늘의 손 위에

피어나는 소리, 소리가

알숭달숭 씽씽이 소리를 내는 저녁이 왔다

박해림 _ 1996년 《시와시학》 시 등단. 2001년 서울신문, 부산일보 신춘문예 시조 당선. 1999년 월
간문학 동시 당선. 시집 「오래 골목」외, 시조집 「골목 단상」외, 동시집 「무릎편지 발자국편지」외, 시평론
집 「한국서정시의 깊이와 지평」 시조평론집 「우리시대의 시조 우리시대의 서정」 수주문학상, 김상옥
시조문학상 수상 등.

나무의 젖은 손

백
혜
자

봄을 끌고 오다 지친 바람이
얼어 죽은 설해목에
기대어 우는 금병산 정상을 지나

봄눈 쏟아지는
비탈길을 내려오다
미끄러져 낭떠러지로 내닫는 나를
산동백 젖은 손이 잡아주네

노랗게 꽃핀 봄의 손길!
놀랍고 반가움에

내 온몸에
모락모락
봄눈이 녹네

산동백 꽃숭어리마다
봄눈이 녹네

백혜자 _ 1996년 《문학세계》 등단. 시집으로 〈초록빛 해탈〉 〈나는 이 순간에 내가 좋다〉 〈저렇게 간
드러지게〉 〈구름에게 가는 중〉 등이 있음. 강원여성문학상 대상 수상.

복
효
근

접목椄木

늘그막의 두 내외가
손을 잡고 걷는다
손이 맞닿은 자리, 실은
어느 한쪽은 뿌리를 잘라낸
다른 한쪽은 뿌리 윗부분을 잘라낸
두 상처가 맞닿은 곳일 지도 몰라
혹은 예리한 칼날이 내고 간 자상에
또 어느 칼날에 도리워진 살점이 옮겨와
서로의 눈이 되었을지 몰라
더듬더듬 허공에 길을 내고
그 불구의 생을 부축하다 보니 예까지 왔을 게다
이제는 이녁의 가지 끝에 꽃이 피면
제 뿌리까지 환해지는,
제 발가락이 아플 뿐인데
이녁이 몸살을 앓는,
어디까지가 고욤나무고
어디까지가 수수감나무인지 구별할 수 없는
저 접목
대신 살아주는 생이어서
비로소 온전히 일생이 되는

복효근 _ 1991년 《시와시학》 등단. 시집으로 《꽃 아닌 것 없다》 《허수아비는 허수아비다》 외 다수.
신석정 문학상 등 수상.

서금복　서범석　서유경

서정임　성영희　손석호

송병숙　송병옥　송연숙

송　진　신명옥　신미균

신원철　심동석

손

서
금
복

뇌졸중 30년 아버지의 손에 뜸을 놓던 어머니
더는 온기를 채울 수 없다고 했다
엄동설한 아버지 모시고 병원 갈 때마다
코로나 콧구멍을 찔려야 하는 남동생들을
똑바로 못 보며 울먹이셨다

"링거 한 병 맞고 다시 집으로 오세요."
바르르 떨며 좌우로 할딱이는 작은 새,
아버지의 날개를 달래며 전화했다, 내가…

두 밤을 못 채우고 요양병원에서 떠난 아버지
'손'이라는 단어만 봐도 우는 딸년 보란 듯
날개 저으며 하늘나라로 가버리셨다, 아무도 모르게

서금복 _ 2007년 《시와시학》(시), 2001년 《아동문학연구》(동시), 1997년 《문학공간》(수필) 등단. 우리나라좋은동시문학상, 인산기행수필문학상 수상 외. 현재 한국동시문학회 부회장, 한국수필 편집차장.

내력

　아무것도 모르면서 엄마의 젖가슴을
　두 손으로 잡고 빨았지
　돌잡이 상 앞에선 붓도 돈도 화살도 아닌
　명주 실타래 집어 들고
　까르륵까르륵 웃었겠지

　'바둑아 바둑아 안녕'을 그리느라 연필과 손씨름도 하고,
순이 손잡고 돌아오는 길에는 가재 여남은 마리 버드나무
가지에 꿰어들고서 신나게 노래도 불렀지. 젊은 날에는 굳게
손잡고 걸었지. 손잡을 수 없는 놈이라고 속으로 욕하면서
다정한 척 손잡고 흔들면서, 수십 년간 펜을 들고 수백만 글
자 어루고 달래면서 — 이것 치고 저것 막고 요것 올려놓고
조것 돌리면서 — 마흔 쉰 그리고 일흔, 쌓고 또 흔들면서
섞으면서 저으면서 묶으면서 나누면서,

　어떻게 어떻게 살아지더라
　그렇게 그렇게 사라지더라

　평생 잡았어도 빈손이다

서범석 _ 1987년 《시와의식》 신인문학상(평론), 1995년 《시와시학》 신인문학상(시)으로 등단. 시집
으로 《풍경화 다섯》 《흙물》 《종이 없는 벽지》 《하느님의 카메라》 《짐작되는 평촌역》 등. 비평집 《문학
과 사회 비평》 《한국현대문학의 지형도》 《비평의 빈자리와 존재 현실》 등. 김종삼 시인 기념사업회장,
국제어문학회장, 한국문학비평가협회 상임이사 등 역임. 현재 대진대학교 명예교수. 계간 《시와소금》
편집위원.

찾지 못한 손

서
유
경

살 하나 빠진 녹슨 우산
기어코 막내딸 손에 쥐여 준 당신
밀쳐내다 처음 보았다
떨어진 우산, 말없이 줍던 아버지
손등에 피어오른 갈변한 꽃잎들

느닷없이 밥상을 엎어도
밖에서 날아오는 돌덩이
어떻게든 다 막아내던 커다란 손

그 손! 내가 다시 찾아주겠다고
빗속을 들고양이처럼 헤매다 저기
신호등 옆 간당간당

거실 벽을 장식하던 사랑의 매
푸드득 당신 손에 내려앉은 다음날
담담하게 내민 생닭 한 마리에
엄마의 한숨도 바삭바삭 튀겨지던 그때가
차라리 좋았다고 소리치다 툭,

떨어지는 하얀 목련 꽃송이!
잡지 못하고 나는 진흙 속을 뒹굴었다

서유경 _ 대구광역시 출생 계명대학교 문예창작학과 졸업. 2021년 《시와소금》 봄호 신인상 동시 등단.

손톱을 자르다

소금시
손

장마가 예보되었다
빠른 속도로 달려오고 있는 검은 구름 떼

하루가 고장 난 바퀴처럼 돌아간다
그 열대성 기후를 벗어날 수 없는 쳇바퀴

손톱이 자란다
우리는 옷을 바꿔 입어도
서로가 어긋났던 어제의 날씨를 잊지 못하는 새들
길게 밤을 새우며 흑과 백의 돌을 고르고 골라도
해독되지 않는 상형문자들

우리의 유목의 길에는 언제나 늪이 있고
빠졌던 발목을 버린 까마귀 떼가 훨훨 나는 창공을 보는
나는
검은 구름을 향한 적의를 자른다

톡톡 모아 버리는
둥글고 무디어진 내 손톱이 보기 좋았다

서정임 _ 2006년 《문학-선》 등단. 시집으로 《도너츠가 구워지는 오후》 《아몬드를 먹는 고양이》가 있음.

서
정
임

성
영
희

묘약

손 하나에 세상이 달려 있다
허공을 뚫고 솟아오른 고층 빌딩도
해저 터널의 신비도
심지어 수 억만리 우주를 오가는 탐사선도
이 작은 손이 만든 신화다

아이가 뱃속을 떠나
처음으로 내 손가락 하나를 힘껏 움켜쥐던 날
세상의 모든 힘은 그 작고 여린 손에
다 모여 있다는 것을 알았다

당신을 만나 따뜻했던 첫 포옹도
끝내 차갑게 식었던 이별도 다 손이 만든 역사다
그러니까 손은
우주에서 지구까지의 거리도
당기거나 끊을 수 있는 묘약을 쥐고 있는 것이다

내 몸에서 손 하나를
뚝 떼어놓고 생각해 보면
손이 없다는 것은 지구가 자전을 잃고
기우는 것과 마찬가지다

성영희 _ 충남 태안출생. 2017년 경인일보, 대전일보 신춘문예 시 등단. 시집으로 〈섬, 생을 물질하
다〉〈귀로 산다〉가 있음. 동서문학상, 농어촌문학상, 시흥문학상 수상. 인천문화재단 창작기금 수혜.

손등

손바닥을 맞잡았을 때와 손등을 잡았을 때
온기의 태도는 다른 것 같아
손등 스스로는 무엇도 구속할 수 없어서일까
누군가 손등을 잡아주면
심장이 돛단배 되어 일렁거린다
살아오며 친근한 척 손가락으로 꽉 잡아 구속했던
수많은 악수의 시간은
두 사람 모두 손가락 결속을 풀 때만 자유로웠다
손등을 잡았을 땐 한 사람만 놓아도
두 사람 모두 자유스러서일까
결속을 풀지 않아도
은하수의 외딴 별 쪽으로 돛을 펼쳐 떠날 수 있을 것만 같다
내 손등을 잡아줄 손도
내 손이 잡을 손등도 없는 지금
노을이 지평선의 손등을 뜨겁게 잡아주는 저녁마다
나는 두 손을 주머니 깊숙이 꽂은 채
시간을 거꾸로 돌리려
박힌 돌을 지구 자전 반대방향으로 걷어차며 빈 골목을
서성인다

손석호 _ 2016년 《주변인과문학》 등단. 시집으로 〈나는 불타고 있다〉〈밥이 나를 먹는다(ebook)〉가 있음. 공단문학상, 등대문학상 수상.

손의 감정

손의 감정은 직진이다
두 팔 벌려 포옹하고 등을 토닥일 때
맛있는 음식을 밀어놓으며
쭈욱 찢은 김치를 밥 위에 얹어 줄 때
언 손을 꼬옥 잡고 입김으로 녹여 줄 때
손은 말보다 먼저 마음으로 직진한다

오른손과 왼손이 스치기만 하였을 뿐인데
입술보다 먼저 사랑을 눈치채는 손
눈치가 빠른 손의 심장은 빨갛게 닳아 오르며 요동친다

두 손을 가슴에 대고 기도할 때 혹은 허리 숙일 때
두 손으로 책상을 치며 일어설 때
손은 사랑과 기쁨, 분노와 모욕의 힘으로 마디가 굵어진다

TV 리모컨을 쥔 채 소파에서 잠이 들 때
왼손이 오른손을 주무르며 잠에서 깨어날 때
손의 감정은 노을처럼 쓸쓸하게 저물어 간다

송연숙 _ 2016년 《시와표현》 등단. 2019년 강원일보 국민일보) 신춘문예 당선. 시집으로 《측백나무 울타리》가 있음.

인동초

송병숙

　휘감는 것은 뼈대가 없다
　제 몸뚱아리마저 휘휘 감아 뼈대를 세우고 꽃을 피운 인
동초
　긴 손톱을 내밀며 한 생애를 묻는다
　당신도 한번? 솜털이 보송송한, 눈치 없이 살가운, 이 곡선
의 담금질 앞에서 누가 어설픈 누대라고 고개를 흔들겠는가
　희게 붉게, 때론 노랗게 낯빛을 바꾸며 몸집을 불려 나가
는 인동초
　매운 손끝에서 불똥이 튄다
　뼈대 없이 혹한을 건넌 이마에는 노란 독기가 방울방울
꽃망울 졌다
　극한을 버틴 만큼 뼈대가 굵어졌다는 거와 단단한 것만이
뼈가 아니라는 거와 속없이도 세상 하나를 점령했다는 거와
　제 몸을 얽어 중심을 세우는 동안 웃자란 넝쿨손이 새로
운 담장을 움켜잡는다
　좋은 일도 나쁜 일도 작은 도량 같은 거라고
　주춤거리는 두 발에 단단한 쐐기를 박아놓는다
　햇살 좋은 봄날 넝쿨손은 무슨 사명처럼 기어올라
　스무 살 여자의 목덜미에서도 수백 살 분청자기에서도
　나풀나풀 피어나고 있는 것이다

송병숙 _ 1982년 〈현대문학〉 초회 추천부터 활동. 시집으로 〈문틈〉 〈를'이 비처럼 내려〉가 있음. 강
원여성문학상 대상 수상. 현재 삼악시동인회장, 강원여성문학회인회 고문, 강원문학협회 이사, 한국시인
협회, 한국가톨릭문인회 회원.

빈손

송병옥

일세기를 움켜쥐었던 친정 할머니 손을 펴니
갈퀴 발 잘게 쪼개 빗살 같은 실금만 한 주먹이다
누덕누덕 기운 옷에 키질하다 흘린 싸라기 한 알이 금쪽
같고
당신 입에 넣는 음식이 발발 떨리더니
반닫이 보물창고 속에는 콧바람 한번 쐬지 못한 진솔옷
들과
쇠붙이에 금을 올린 철 가락지와 쥐가 그린 오줌 추상화
비단이 몇 필이다
전쟁 뒤 산에서 주워 왔다는 탄알 통
녹을 두드려 구출된 지폐는 심한 황달에 쿨룩거리는데
다랑논 몇 배미는 사고도 남았을 거라는데
육신에도 실금이 늘고 늘면 오래된 항아리처럼 스르르 깨
져서
할머니, 다만 주머니도 없는 베옷 한 벌의 주인이시다
풀뿌리로 연명했던 강점기의 허기와 난리 통에 졸라맸던
허리띠가 나서서 밥이 되겠지 꾸역꾸역 쟁였을까
신주처럼 모셔온 보물들
잔걸음 치던 뜰의 한숨으로 피어올라 봄바람 속으로 흩
어진다

송병옥 _ 2019년 《시와소금》 신인상 등단. 시집으로 〈보조개 사과〉가 있음. 2019년 인천문화재단
창작지원금 수혜. 수필집으로 〈다섯 번째 계절에 피는 꽃〉이 있음. 현재 한국문인협회, 시와소금작가
회, 강화문학회 회원.

손

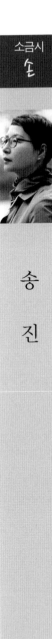

송
진

왼손에 따듯한 식빵 한 조각 들고 있다

　오른손이 따듯한 식빵 한 조각의 조각을 뜯는다 조각은
조각으로 나누어진다 왼손의 따듯한 식빵 조각이 오른손으
로 넘어온다 따듯한 식빵은 창밖 쏟아지는 비를 바라본다
초록 피부의 인간이 초록 우산을 쓰고 초록 바지를 입고 초
록 음식물 찌꺼기를 버린다 왼손은 초록의 창을 뛰어 넘는
다 오른손도 덩달아 창을 뛰어 넘는다 아뿔싸! 살아남을까
가까운 소나무가 까마귀 신음 소리를 낸다

송 진 _ 1999년 《다층》 제1회 신인상으로 등단. 시집으로 〈지옥에 다녀오다〉 〈나만 몰랐나봐〉 〈시체
분류법〉 〈미장센〉 〈복숭앗빛 복숭아〉가 있음.

소금시
손

신
명
옥

기도의 기원

빛이 풀잎에 닿는 순간
가는 줄기와 턱잎까지 바꾸어 손을 빚는다

혼자 오를 수 없는 하늘의 길

천의 줄기를 뻗어 숲을 이루는 반얀나무
무수히 내디딘 발목을 휘감고 덩굴손이 오른다

돌풍에 흔들려 떨어지고
폭우가 방향을 틀어놓아도
다시 바위를 타고 산을 오르는 알피니스트

천 개의 손들이 사다리를 엮는다
침침한 덤불 숲을 벗어나려
온 힘을 다해 묵주를 굴리는 손들

지상에 귀 기울이던 별 하나가
빛의 섬모를 뻗어
푸른 탑의 수화를 들고 있다

신명옥 _ 2006년 《현대시》 등단. 시집 〈해저 스크린〉이 있음. 2017년 세종우수도서 선정.

하늘

한해살이 기생식물인 실새삼이
옥상 위 양동이에서
실 같은 덩굴을 뻗어
해바라기를 감고 오르다가
옆 건물 난로 연통을 타고 오르다가
더 이상 올라갈 곳이 없자
옆으로 기기 시작한다

실새삼의 덩굴손이
아무리 아무리
손을 뻗어도 닿을 수 없는 곳

거기서 부터가
그의 하늘이다

신
미
균

신미균 _ 1996년 《현대시》 등단. 시집으로 《맨홀과 토마토케첩》 《웃는 나무》 《웃기는 짬뽕》 《길다란 목을 가진 저녁》이 있음.

신
원
철

텃밭

이반의 바보 왕국에서는
손에 굳은살 박이지 않은 사람을
식탁에 앉지도 못하게 했다
나는 그의 왕국에서
밥도 못 얻어먹었을 백수

새벽 산책길 모퉁이에서 늘 만나는
일찍부터 배송 물건 분류하는 젊은이들
시장 골목 힘겨운 리어카 할머니들
그들 앞에 하얀 손이란 부끄러운 이름

이 손으로 세상을 바꾸려는 혁명에 참여한 일도 없고
아침이슬 맞으며 들판에 나가
흠씬 땀 흘리며 검은 흙을 파 뒤집은 적도 없다

하지만 내 텃밭은 노트북 자판
별 볼 일 없지만
나의 시에 물 뿌리고 가꾸면서

신원철 _ 경북 상주 출생 2003년 《미네르바》 등단. 시집으로 〈나무의 손끝〉 〈노천탁자의 기억〉 〈닥터 존슨〉 〈동양하숙〉이 있음. 〈닥터 존슨〉 〈동양하숙〉 세종도서 문학나눔 선정

손

커피를 마신다 원+원에 사 온 케냐산 커피
누군가의 손이 열매를 모아, 하늘과
바다를 건넜을 고단한 손의 흔적을 마신다

어느 날, 날이 풀린 그 어느 날
빙하기를 걸어 나온
호모 사피엔스 사피엔스의 외침
너와 나의 허리에 숨어 있던
푸른 숲의 냄새, 들짐승 울음소리
태양을 건너오는 듯…
수직으로 쏟아지는 뜨거운 햇살 아래
앞니 하얗게 드러내며, 우리
초원을 달리며 마주 잡은 손이
억년의 끈으로 이어진 듯, 적도의
산과 들을 불어 가는 뜨거운 바람을 마신다

커피를 마신다 원+원으로 흐르는
손과 손의 따스한 온기를 마신다

심동석 _ 2013년 《문학시대》 등단. 시집으로 〈아버지의 낫〉이 있음.

ㅎ-1

양소은　　양승준　　양창삼

염창권　　염형기　　오영미

오원량　　오종문　　유영화

尹錫山　　윤용선　　윤　효

이경옥　　이남순　　이명희

이사라

양
소
은

손

구겨진 지도를 펼 때처럼 손금이 가득히 방향을 잡지 못할 때 길들이 내 안이었다고 생각한 적 있었다

사람들이 손을 감추고 밖을 떠돌면 빈집의 표정으로 손이 없는 나라에 대해 생각했다
모두에게서 손목이 사라진다면

누군가 목소리 높은 문을 두드린다 살아 있는 것을 눈치 채게 하면 안 돼 입을 막은 날들이 눈을 키우고 숨을 감춘다
사람이 살지 않는 나라들 고독사한 할머니가 팔을 늘어 뜨리고

온라인에서 입질하는 손들 사람들은 손가락을 걸고 내기를 했지 손에 장을 지져 아니오 와 예는 손바닥 뒤집듯
너의 손은 안전한가
너 놓치면 다른 사람이 찾아오는 섬과 섬을 잇는 약속들은 먼 나라의 이야기
이파리처럼 흔들리는 손들이 있다 굽은 팔꿈치 반대 방향으로 가벼운 손이 흔들리며 주름지게 웃는 사내가 있다

올 봄에도 목련이 주먹을 쥔 채 떨어진다 이상한 나라를 향해 도착하지 않은 발자국이 자라는 소리를 듣는다

양소은 _ 2013년 《시와소금》 등단. 시집으로 〈노랑부리물떼새가 지구 밖으로 난다〉가 있음.

내 그리움은 손가락에 있다

양
승
준

내가 너를 만지고 싶은 것은
다만 러브 이즈
터치이어서가 아니라
너를 향한 그리움의 촉수가
온몸 가득 터질 듯 흘러내리다가
마침내 양손 끝에
뾰족하니 고여 있기 때문이다
아, 유성의 눈부신 추락을 보며
너를 꿈꾸었던 많은 밤들아
내가 너를 그리워하는 것은
네 몸 구석구석 숨어 있는
달콤한 사랑의 꽃향기를
이 열 손가락마다
흠뻑 묻혀 오고 싶기 때문이다

양승준 _ 1992년 《시와시학》 및 1998년 《열린시조》 등단. 시집으로 《시를 위한 반성문》 《몸에 대한 예의》 《적묵의 무늬》 《슬픔을 다스리다》 등. 현재 원주문인협회 고문

양
창
삼

평생 나와 함께 할 병기가 있다면

평생 나와 함께 할 병기가 있다면
그것은 칼이 아니라 손이다.
널 가리켜 인류의 원초적 비밀을 간직했다 어쩐다 하지만
그런 어려운 말일랑 묻어두고
가려우면 긁어줄 친구로 두고 싶다.
두 손 중 하나는 나를 위해 쓰고
다른 하나는 도움이 절실한 이에게 빌려줄 수 있으니
상생의 손이 아닐 수 없다.
의문이 나면 너를 들어 물어볼 수 있어 좋고
감동이 일면 손뼉을 치면 된다.
그런 소통 도구가 또 어디에 있나.
경제도 네 손에 잡히면 숨을 죽이고
정치도 큰 소리 치지 못한다 하니
세상에 그런 장군이 없다.
허나 손에 힘이 빠지면 모두 놓을 수밖에 없을 터이니
오늘 너를 불러 거나하게 한 상 내 주리라.
지극 정성 담았으니
도망갈 생각 말고 평생 내 곁에 살기 바란다.

양창삼 _ 서울대 정치학과 졸업. 첫 시집 〈부르고 싶은 이름들(1966년)〉에 이어 열두 번째 시집 〈이 아름다운 아침에 너를 본다(2020년)〉이 있음. 한양대 산업경영대학원장. 연변과기대 부총장 역임. 현재 한국시인협회 회원, 한양대 경영학부 명예교수.

덩굴손

어린 딸의 하루하루를 맡겨두는 이웃집
구석진 벽으로 가서 덩굴손을 묻고 울던 걸
못 본 척 돌아선 출근길
종일 가슴 아프더니

담 벽을 타고 넘어온 포도 넝쿨 하나
잎을 들추니 까맣게 타들어 간 덩굴손
해종일 바지랑대를 찾는
안타까운 몸짓

저물어서야 너를 찾아 집으로 돌아가는구나
촉촉한 네 손자위를 꼬옥 부여잡고 걸으면
"아침에 울어서 미안해요"
아빠를 위로하는구나.

염
창
권

염창권 _ 1990년 동아일보(시조)와 1996년 서울신문(시) 신춘문예로 등단. 시집으로 〈마음의 음력〉 〈한밤의 우편취급소〉 외 다수. 중앙시조대상, 노산시조문학상 등 수상.

염
형
기

손과 기도 사이에는

　어떤 기도는 소리 나지 않는다 모든 기도에는 검게 그을린 소리가 숨어 있다 손가락을 모으면, 숨을 수 있을 만큼 어둠이 생겼다 잠시 스며든 햇빛 사이로, 중력을 거스른 소리가 부서져 날렸다 섭씨 29도, 첫 고백은 너무 가늘어서 슬픔이 묻어 나왔다 시간이 지나도, 허튼 거래는 이루어지지 않았다 율법으로 묶인 두 손을 빠져나와 가라앉는 기도, 손바닥의 마음을 읽을 수 없다 나는 새벽 한 시와 어제 사이를 붙들고 있다 30도가 넘을 거 같아, 구름이 주절거리는 소리가 들렸다 먼 시간 속에 갇혀 있던 검은 비가 내렸다 젖은 소리는 날아가지 못하고, 조이는 인생이 힘들다는 걸 알았다 죄를 모르는 빗물이 유리창을 두들겼다 안테나가 뽑히듯 손끝이 당신에게 가닿을 수 있다면, 비는 멈추고 고요의 순간, 소리로 만들어진 십자가는 스스로 견고해졌다 당신을 바라보면 지나간 시간이 슬프지 않았다 손에서 표정이 보인다 울거나 웃는 손가락이 마지막 기도가 아니길 바라, 가닿지 못한 기도는 어느 곳에서 헤맬까

염형기 _ 2021년 《시와소금》 신인상 등단.

바람 손

오
영
미

하늘이 바다인 듯 풍경에 매달린 물고기가 헤엄을 친다
바람 부는 대로 구름 가는 대로 머리를 부딪치며 멍들도록
파란 하늘 푸른 바다 되라고 소원 비손하며 허공에서 몸
통을 흔들고 있다
살아서도 죽어서도 눈을 감지 않는 물고기
바람을 빌고 싶어도
바람을 걷고 싶어도
무수히 많은 말을 하고 싶지만
물속의 주둥이는 물방울만 만들어 낸다
물고기는 눈을 감고 싶은 거다
주둥이를 짓찧어가며 말하고 싶은 거다
풍경 울리며 하늘을 바다 삼고 싶은 거다
절 추녀 밑 물고기에게
바람 손 하나 달아주고 싶다
바라는 바람 비손하게 하여 편안히 눈 감게 해주고 싶다

오영미 _ 충남 공주 출생. 2015년 《시와정신》 등단. 시집으로 〈청춘예찬〉 〈상처에 사과를 했다〉 외
다수. 충남문학상 대상 · 작품상. 한남문인상 젊은작가상. 현재 서산시인협회 회장.

오
원
량

손으로 하는 말

누군가에게는
가슴 아픈 말이 되고
누군가에게는
아무 상관이 없는 말

공원 벤치에 앉아
수화를 하고 있는
두 사람

알아들을 수 없어도
가슴 뭉클해지는 말

내가 당신께
손으로 말을 전달한다면
내 깊은 마음을
헤아려줄 수 있을까?

오원량 _ 1989년 《동양문학》 등단. 시집으로 〈사마리아의 여인〉 〈새들이 돌을 깬다〉 〈서로는 짝사랑
〉이 있음. 부산시인협회 작품상 수상.

불길 얹는 손 —心法·34

토란 잎

아침 이슬

궁글리던 햇살 이고

해종일 종종대다 흙빛만 담아 온 엄니

아궁이 불길 얹는 손

칼바람이

휑하다

오
종
문

오종문 _ 1986년 사화집 「지금 그리고 여기」를 통해 작품활동 시작. 시조집 〈오월은 섹스를 한다〉 〈지상의 한 집에 들다〉, 가사시집 〈명옥헌원림 별사〉, 그 외 〈시조로 읽는 삶의 풍경들〉 〈이야기 고사성어(전3권)〉 등이 있음. 중앙시조대상, 오늘의시조문학상, 가람시조문학상, 한국시조대상 수상.

유
영
화

울 엄마 손도

한쪽 팔 없는 울 엄마
"잡초 좀 뽑으렴~"

화단의 쇠비름 달개비는
쏙쏙 잘 뽑히는데

마당의 질경이 바랭이는
줄기만 뚝! 뚝! 끊어진다

끊어진 줄기마다
쏘옥쏙 새순이 돋는 풀들

울 엄마 팔에서도
새 손이 쏘~옥 났으면 좋겠다

유영화 _ 2018년 《시와소금》 신인문학상 수상으로 등단. 그림 동시집으로 〈이빨 씨앗〉이 있음.

반 손

尹
錫
山

  초등학교 저학년 시절 나는 손을 잘 들지 못하는 학생이
었다. 우리들에게 선생님께서 질문을 할 때, 실상 나는 그 답
을 알고 있을 때가 더 많았다. 그러나 한 번도 제대로 손을
들고 대답을 하지 못했다. 속으로만 혼자 "저 답은 이건
데…" 하며, 겨우 마음속으로 들어보는 반 손. 손을 들지 못
한 나는 한 번도 선생님 앞에서 떳떳이 답을 말하고 칭찬을
받은 적이 없었다.

  오늘도 나는 세상을 향해 번쩍하고 손을 들지 못한다. 그
건 아니오, 틀렸소, 이렇게 해야 합니다. 소리 높여 세상을
꾸짖은 적은 더더욱 없다. 그저 누가 볼세라 여차하면 내릴
양으로 자라목만큼 반쯤 팔을 올리고 세상의 눈치나 살피
곤 했던 나의 손. 올릴지 또는 내릴지 아직 정하지 못한 나
의 반만 치켜 올려진 손. 그러나 실상 나는 나름대로 알기는
그저 다 알고 있었다. 세상의, 세상의, 그 세상의 일들을 말.
이다.

尹錫山 _ 1947년 서울 출생. 1967년 중앙일보 신춘문예 동시 당선. 1974년 경향신문 신춘문예 시
당선. 시집으로 〈햇살 기지개〉 등 다수. 현재 한양대 명예교수.

두 손을 펴 보다

애초부터 우리 몸에 손이 둘인 것은
저마다 따로 놀라는 뜻이 아닐 것이다
함께 조화를 이루라는 배려일 것이다
그런데 세상은 세상일은
두 손이 각각 따로 노는 것처럼
한쪽이 뻗으면 다른 한쪽은 빼고
이쪽을 가리키면 저쪽이라고 우기며
서로 엇박을 놓는 일이 예사다
그런가하면 들이굽는 게 손이라고
끼리끼리는 꼭꼭 챙기는 모습이라니
차마 두 눈 똑바로 뜨고 바라보기가
또 좀 그렇다
여기에 코로난가 뭔가가 창궐하니
누군들 몸과 마음이 편편하겠는가
이래저래 궂은 때는 손만 고단한데
이참에 내 두 손은 어떤가 싶어
가면 펴 보니 그새 더 찌글찌글해졌다
오늘따라 많이 미안하고 또 짠하다

윤용선 _ 강원 춘천 출생. 1973년 강원일보 신춘문예와 월간 《심상》 신인상으로 등단. 시집 《가을 박
물관에 갇히다》 《꼭 한 번은 겨자씨를 만나야 할 것 같다》 《딱딱해지는 살》과 인물시집 《사람이 그리
울 때가 있다》가 있음. 산문집 《조용한 그림(공저)》 등. 춘천 작은도서관운동 공동대표, 강원국제비엔
날레 이사, 문화커뮤니티 《금토》 이사장 역임. 현재 심상시인회, 수향시낭송회원, 강원문인협회 자문
위원, 계간 《시와소금》 편집자문, 춘천문화원장.

마흔다섯

책장을 넘기다가 그 종이 서슬에 손가락을 베었다.
가느다랗게 피가 비쳤다.

이제는 종잇장 한 장도 가볍게 보지 말라고 약을 발라도
쉬 아물지 않았다.

윤 효 _ 본명 창식. 1984년 《현대문학》 등단. 시집으로 《물결》 《얼음새꽃》 《햇살방석》 《참말》 《배꼽》
이 있고, 시선집으로 《언어경제학서설》이 있음. 편운문학상, 영랑시문학상, 풀꽃문학상, 동국문학상,
충남시협상, 유심작품상 수상. 《작은詩앗 · 채송화》 동인.

소금시
솦

이
경
옥

복기復棋

물고 있는 붓끝에서
구절초가 피고
잣나무숲에 함박눈 쌓인다

사나운 자동차 바퀴가
스물아홉 그녀를 끌어 앉고 굴렀다

망가진 인형처럼 누워 있던 세월 지나
그녀의 입이 붓을 잡았다

입술 풍선 생기도록
붓을 물어 무궁화 피우고
꽉 문 어금니로 직립의 꿈 찍어
화폭에 소나무 키우는 구필화가 한미순*

그녀의 입,
손의 일을 복기해
풍경들 일으켜 세운다

* 한미순 : 1955년생 지체 1급 사지마비 장애인. 시인, 수필가, 구필화가로 활동.

이경옥 _ 2020년 〈시와소금〉 신인상 등단. 시집으로 〈혼자인데 왜, 가득하지〉가 있음.

손으로 말해주세요

중앙시장 골목 끝, 호떡집 리어카에
'손으로 말해주세요' 팔랑이는 글씨 아래
손님들 길게 늘어섰다, 그 줄 끝에 나도 섰다

하루 늦게 태어나서 자치동갑 사촌동생
어린 날 장티푸스로 말 잃고 귀 닫힌 채
간드락 간드락거리며 저리 용케 살아간다

때 없이 호통 치는 단속반 호각소리
이제는 이력이 나 눈치껏 들고나니
마차를 뒤흔든 바람도 슬그머니 웃고 간다

소금시
손

이
남
순

이남순 _ 경남 함안 출생. 2008년 경남신문 신춘문예 등단. 시집으로 〈봄은 평등한가〉 등이 있음. 이영도시조문학상 신인상 외 수상.

이
명
희

아버지 손

진솔한 자서전을 읽고 있다
곤히 주무시는 아버지 손을 보니
옹이 박힌 손바닥 들뜬 손톱은 흙빛
구십 평생 살아온 이야기가 쌓여 있다

학창 시절 일제강점기 가시 터널 헤집고
6.25 전쟁이 허벅지에 총탄을 박아 불편한 몸,
사 남매 작은 손잡아 기도해 주며 뒷받침했다
정직하고 부지런한 손이 세상을 움직인다며
돌밭을 일구고 오물을 만져 어둠을 밝혔다

내 손을 본다
더 큰집 기름진 밥상을 위해
부끄러움 모르고 움켜쥔 시간이 뭉쳐있다

아버지 손은 지금도
일으켜 세우고 마음과 마음을 이어주는
손길이 피워내는 이야기를 쓰고 있다

이명희 _ 2018년 《월간문학》(동시), 2021년 《시와소금》(시), 2021년 《아동문학사조》 동화 당선. 저서
로 〈노래연습 꼬끼오!〉 〈웃는 샘물〉이 있음. 2019년 경기문화재단 창작지원금수혜.

손

소금시
소

이
사
라

내가 잡았던 손
그립다

내가 뿌리쳤던 손
그것까지 그리우면
나는 이 세상에 없겠지

마지막 날 세상 끝에서
세상 처음의 날
주먹 쥔 손이 그립다

살아서 살아가면서 살았다면서

그 손이 다 펴지면
나는 다시 그리울 것이다

두고 온 나의 그림자

이사라 _ 1981년 《문학사상》 등단. 시집으로 《히브리인의 마을 앞에서》 《미학적 슬픔》 《숲속에서 묻는다》 《시간이 지나간 시간》 《가족박물관》 《훗날 훗사람》 《저녁이 쉽게 오는 사람에게》가 있음. 대한민국 문학상, 한국시인협회상 수상. 현 서울과학기술대학교 명예교수.

ㅎ-2

이사철　이성웅　이승용

이승은　이여원　이영춘

이원오　이은봉　이종완

이태수　이화주　임동윤

임문혁　임양호　임연태

이
사
철

빈집

차가 아래로 미끄러져 멀어질 때까지
마냥 바라보면서 흔들던

무명지가 나간
손

그 손마저 떠나고 나니
갈 일도 없는 소년이 되고 말았다

어쩌다 집 앞에 들어서면
거미줄에 걸린 햇살이 나를 반긴다

두 손 부여잡고
그간의 일들로 수다 떨고

마당에 창날같이 서 있던
북새바람은 미친 듯 내 가슴 할퀸다

이사철 _ 2015년 《시와소금》으로 작품활동 시작. 시집 《어디꽃피고새우는날만있으랴》 《눈의 저쪽》
《멜랑코리사피엔스》 《청킹맨션》과 최초의 한글 · 점자 시집 《꽃눈의 여명》이 있음

소금쟁이 손

특수학교를 마치면 증발하듯 이곳 수영장으로 온다 물이
자신을 수호한다고 믿고 있다 태어나면서 뇌병변에 갇혔지
만 이를 탈출할 방법을 물속에서 찾아낸 것이다 종일 그를
찔러대던 언어의 독침도 따가운 눈총의 화살도 부러트려 주
는 힘 물속에 있다는 것을 알게 되었다

수영모에 파란 수경을 끼는 순간 푸른 동화의 나라, 소금
쟁이가 된다수영장에 들어서면 쿵쿵 심장이 뛰고 온몸이 두
둥실 떠오른다 모든 가벼움이 물 위에 있듯 모든 자유가 물
속에 있다 누구하나 놀아 줄 친구 없어도 같이 대화해 줄
아이 없어도 물은 언제나 변함없이 놀아준다

언제부터 말을 잊었는지 알 수 없지만 혼자만 들을 수 있는
물의 소곤거림 혼잣말로 더 가벼워지고 있다 간혹 화가 치밀
어 오를 땐 철썩, 손바닥으로 때려도 못 이긴 척 맞아준다

물을 솟구치는 돌고래가 되거나 첨벙첨벙 물 위로 다니는
소금쟁이 물의 샅바를 잡고 나뒹굴며 씨름도 한다
그는 지상의 모든 자유와 정의를 위해 오늘도 물 위를 걷
고 있다

이성웅 _ 2006년 《울산문학》 신인상 등단. 시집 《엘 콘도르 파사》 《클래식 25시》가 있음. LG하우시
스, KSA컨설팅 전문위원 역임.

이
승
용

화악*

몸의 행동대장이라 아주 빠르지
앞선 마음이 자주 다치기도 해
운명인 줄 몰라 못 박으며 살았지
바닥과 겉만 보며 속없이 살아온 날
보행을 떠난 앞발의 전생과
하늘 나르는 날개의 속성을
우리는 믿었지
손속을 모르는 그녀의 각도는 꽃잎의 자세
그녀에게서 피어난 것들은 또 얼마나 많은지
받아주고 내어줌은 일도 아니었지
지문의 내력과 금의 파장은 그녀의 계보
그대를 향한 환호의 갈채가
사실은 공손한 깃발이었다는 거
빛이 없어도 빛나는 진수를 믿었지
바닥을 치면 등으로 오른 꽃들은 저승꽃을 달고
날개가 되고 싶어 한 생을 날아왔다는 거
꽃이 되고 싶어 몸의 잎으로 살았다는 거
화악 필 때마다 다른 꽃이 피었다는 거

* 화악(花萼) : 꽃의 구성 요소 중에서 가장 바깥쪽에 꽃잎을 받치고 꽃을 보호하는 기관의 조각을 이른다.

이승용 _ 1990년 《시문학》 등단. 시집으로 《춤추는 색연필》 있음.

손 ─어머니, 尹庭蘭

이
승
은

갓 스물에 시집와서
종부노릇 몇 해던가
때마다 여남은 벌
밥그릇을 부시면서

제사상 차리고 물림에 물마를 날 없었던,

그 숱한 병치레에
잰걸음 또 얼마던가
살붙이 피붙이들
쓸고 닦고 챙기느라

겨우내 얼고 터져서 부끄럽다 숨기던,

한사코 그믐으로
기우는 병상에서
벼랑 끝 풀 한 포기
그마저도 놓으면서

괜찮다 이제 괜찮다… 말씀 대신 내미는,

이승은 _ 1958년 서울 출생. 1979년 문공부.kbs주최 전국민족시대회로 등단. 시집으로 〈첫, 이라는
쓸쓸이 내게도 왔다〉 〈어머니, 尹庭蘭〉 〈얼음동백〉 〈넬라판타지아〉 〈환한 적막〉 외 5권. 태학사100인시
선집 〈술패랭이꽃〉이 있음. 백수문학상, 중앙일보대상 수상. 현재 오늘의시조시인회의 의장.

이
여
원

존경스런 손

손을 보면 삶의 경로를 대충 알 수 있다 했든가
손이 바로 인간의 마음의 거울이랬든가*
아니기도 하다

고작 일이라면 책이나 읽고 꽃이나 꺾어 책상 위에 놓아
둔 게 전부
태생적으로 경륜 있어 뵈는 손을 가졌다

손안에 손을 넣어 본 적이 얼마만인가
내가 즐기는 최대 스킨십이지만 악수는 망설여진다

즐거워하지 않으면 견딜 수 없는
통통 튀는 저녁이었으므로 어색함으로 손을 비비고 섰는데

발효되지 못한 보리 싹처럼
뛰어나지 못한 농담이 뒤섞이는 저녁 술자리
어느 시인이 다가와 하는 말
참 존경스런 손입니다

황급히 감추려다가 내 손을 빌려 온 손처럼
가만히 들여다보며 드는 생각
빈손으로 돌려보내지 않으리라

* 정호승의 당신의 손

이여원 _ 2012년 매일신문 신춘문예 등단. 시집으로 〈빨강〉이 있음. 시흥문학상 수상. 아르코문학지
원금 수혜.

손

이
영
춘

  그가 걸어 나온다 그가 살아 나온다 죽어서 돌아온다 죽음의 터널을 지나 마른기침 삼키며 목울대 적시며 돌아온다 지도 한 장 들고 지도 속에서 걸어 나온다 내 앞에 두 다리 쫙 펼치고 눕는다 오대양 육대주가 환히 보인다 개마고원을 가로질러 가는 황사바람, 고비사막을 성큼성큼 걸어온 마적 떼가 남긴 발자국, 커다란 발자국도 보인다 작은 지도 속에 큰 우주, 큰 우주 속에 작은 발자국, 절름절름 뒤뚱뒤뚱 함께 걸어와 누운 큰 지도 한 장,

  내 손 안에서 깊은 잠에 취한 듯 누워 있다.

이영춘 _ 1976년 《월간문학》 등단. 시집으로 〈시시포스의 돌〉 〈시간의 옆구리〉 〈봉평 장날〉 〈노자의 무덤을 가다〉 〈따뜻한 편지〉 〈오늘은 같은 길을 세 번 건넜다〉 등. 시선집 〈오줌발, 별꽃무늬〉와 번역시집 〈해, 저 붉은 얼굴〉 등. 윤동주문학상, 고산문학대상, 유심작품상특별상, 난설헌시문학상, 천상병귀천문학대상, 감삿갓문학상 등 수상.

이
원
오

연주자

피장자의 주위에는 여러 주검이 누워 있다
외롭지 않기 위해 반려동물과 애장품도 함께 한다

고고학자들은
목이 잘린 몸통, 둔기로 맞은 흔적을 증명해 내었다
……왕이 죽자 시종 60명을 순장하였다
야박한 기록이다
순장은 타동사이나, 투신할 기회를 주었다면 자동사일 것
이다

수메르의 하프는 살아 있고
목이 잘린 악사의 손은 하프를 향하여 있다
자진自盡을 요구 당한 연주자는
손대신 목을 그었고
하프의 곁에 묻어 달라고 하였다

꿈을 꾸는 자는 연주를 할 수 있어
지하에서도 지속되어 왔던 것이다
이제 그녀를 위한 악보가 필요한 듯

천 년의 시간을 기다려 왔다

이원오 _ 2014년 《시와소금》시 등단. 시집으로 《시간의 유배》가 있음. 현재 한국작가회의 회원, 용인
문학회장

손

이
은
봉

내 손은 붉다 붉으면서 희다
피가 묻었던 흔적이다
칼을 잡았던 흔적이다
이 희고 붉은 손으로
얼마나 못된 짓 많이 했나
얼마나 많은 생명들 먹어 치웠나
손을 닦는다
손을 씻는다
닦고 씻어도 지워지지 않는다
저 붉고 흰 빛, 저 희고 붉은 빛
죄 많은 손 따라
죄 많은 피 따라
이 손 점차 검붉어지리라
마침내 검어지리라
오래잖아 이 손, 흙이 되리라
머잖아 이 손, 자연이 되리라.

이은봉 _ 공주(현, 세종시) 출생. 1984년 《창작과비평》 신작 시집을 통해 시인으로 등단. 시집으로 《봄바람, 은여우》《생활》《걸어 다니는 별》 등이 있고, 시조집으로 《분청사기 파편들에 대한 단상》이 있음. 평론집으로 《시와 깨달음의 형식》《시의 깊이, 정신의 깊이》 등이 있음. 현재, 광주대 명예교수, 대전문학관장.

이
종
완

시린 손

한겨울 학교 다녀오면 내 손을 꼭 잡고
아랫목에 넣어 주시던 어머님의 거친 손
그 성근 주름살도 다 떠나시고 없는데

쉼표 하나 찍지 못하고 굴러다니는 바람
무엇 하나 거둬들일 나락이 없는 겨울
솜이불 덮어주시던 아버님의 차가운 손

이른 봄 아직은 눈 덮어쓰고 바람 찬데
일찍 피어나 웃고 있는 홍매화의 웃음
너는 아직도 내게 남은 시린 손의 흔적

이종완 _ 경기 포천 출생으로 2005년 월간 「스토리문학」, 2017년 「아동문학세상」 동시 부문 당선으로 등단했다. 2010년 생활문학 작품상, 2017년 KBS 창작동요제에서 「섬돌 밑에」 작품으로 최우수 작사상을 수상했다. 시집으로 「어느 봄날」(2019년, 시와소금)을 출간했으며, 2019년 강릉 문성고등학교를 퇴직했다.

크고 부드러운 손

나는 안 보이는 손을 우러른다
나를 감싸며 어루만져 주는 손,
그 크고 부드러운 손을 우러러 꿈꾼다

무릎 꿇고 두 손 마주 모은다
몇 번이나 꿈속에서만 느꼈던
그 크고 부드러운 손이 느껴질 때까지
낮게 낮게 내려가면서 꿈꾼다
낮아서 높아질 때까지 꿈꾼다

나의 이 기도가 끝내 부질없을지라도
이 기도가 소망일 뿐일지라도
크고 부드러운 손을 우러른다

이태수 _ 1974년 《현대문학》 등단. 시집 《꿈꾸는 나라로》 《유리창 이쪽》 《내가 나에게》 《거울이 나를 본다》 《따뜻한 적막》 《침묵의 결》 《침묵의 푸른 이랑》 《회화나무 그늘》 등 17권. 시선집 《먼 불빛》, 육 필시집 《유등연지》가 있음. 문학평론집 《대구 현대시의 지형도》 《여성시의 표정》 《성찰과 동경》 《응시 와 관조》 《현실과 초월》 등. 한국시인협회상. 한국가톨릭문학상 등 수상.

이
화
주

내 손의 선생님이 계신 곳

머리를 따 주고
이를 닦아주고
발도 씻어줄게.
부탁만 해. 무엇이나 다 들어줄게.

등 좀 긁어줄래
조금만 더, 더, 더, 더

아무리 애를 써도
가 닿을 수 없는 곳도 있구나.

손바닥만 한 고 땅

이화주 _ 1982년 강원일보 신춘문예와 《아동문학평론》으로 문단에 나옴. 동시집 〈내 별 잘 있나요〉
외 다수의 작품집이 있으며 한국아동문학상과 윤석중 문학상을 받음. 현 초등학교 국어 교과서에 동
시 〈풀밭을 걸을 땐〉이 실려 있음.

그 손

약손이다
배 아플 때마다 어루만져주던
만능 손이다
오뉴월 땡볕 밭고랑에 올라
감자를 캐내던 주름진 손이다
찰옥수수 쪄내던 뜨거운 손이다
폭설의 겨울 꽝꽝 언 개울물 깨고
식수를 길어오던 차가운 손이다
서른둘에 군인 간 아버지 대신
겨울 땔감 나무하던 부르튼 손이다
봉숭아꽃물 한번 들인 적 없는
그런, 이 지상에 없는
다시는 기약할 수 없는
가장 따뜻한 손이다
거룩한 손이다
마음으로만 만나는,
그런 손

임
동
윤

임동윤 _ 1968년 강원일보 신춘문예 시 당선으로 등단. 시집으로 〈연어의 말〉 〈아가리〉 〈편자의 시간〉 〈사람이 그리운 날〉 〈따뜻한 바깥〉 〈함박나무 가지에 걸린 봄날〉 〈고요의 그늘〉 등 13권. 녹색문학상. 수주문학상. 김만중문학상. 천강문학상 등 수상.

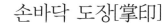

손바닥 도장[掌印]

見利思義 見危授命
　庚戌二(三)月於旅順獄中
　大韓國人 安重根 書

이로움을 보거든 의를 생각하고
위태로움을 보거든 목숨을 바치라
　경술2(3)월 여순옥중에서
　대한국인 안중근 쓰다

안중근 의사 유묵遺墨
손바닥에 먹을 묻혀
눌러 찍은 장인掌印
왼손 무명지 마디 하나 잘려 나가
한 구석 휑한 손바닥

피 뚝뚝 흐르는 손가락 한 마디
온 가슴, 헤집고 다닌다

임문혁 _ 1983년 한국일보 신춘문예 시 당선 시집으로 〈외딴 별에서〉 〈이 땅에 집 한 채…〉 〈귀 ·
눈 · 입 · 코〉 등이 있음.

손맛

호호 불고 쓰다듬어 손으로 빚어진 나는
모양도 입맛도 어머니 손맛이다

여행지의 팔 할은 맛이라는 혀의 추억처럼
지구 여행지에서 가장 맛난 손맛이다

그래서 내 기억의 볼기에는
지금도 맛을 보증하는
손바닥 낙인이 찍혀있는 것이다

쓴내를 잘 다루어 갖은양념으로 무쳐 낸
쌉싸름한 고들빼기처럼
세상의 맛으로 잘 버무려지길 정성 다하는
손때 매운 어머닌
전라도의 매서운 손맛이다

임양호 _ 전북 완주 출생 2016년 《시와소금》 신인상 등단.

임
양
호

사바세계 · 17 —공수래공수거

임
연
태

어디서부터 어떻게
손을 써야 하는지
발버둥 치기 전에
손 먼저 버둥댔음을 잊어버리고
발을 내딛기 전
손 내미는 것부터 배웠음을 잊어버리고
발로 걷어차고 밀어내는 것보다
손으로 쓸어 담고 잡아당긴 게 많음을
잊어버리고
발가락과 손가락 개수는 같아도
길이가 다름을 잊어버리고
손이 발이 되도록 살아온 듯하지만
사실은 한 번도 제대로 손 쓴 적 없는
도대체 어디서부터 손을 써야 하는지
도통 모르다가 끝내 도통하지 못한 채
어느 순간 폈던 손 오므려지지 않으면
그게 끝인 줄 알라고 하시는
그 말씀이 팔만대장경의 고갱이

임연태 _ 2004년 《유심》으로 등단. 시집으로 《청동물고기》와 기행집으로 《부도밭 기행》 《절집기행》 《히말라야 행선 트레킹》 《정자에 올라 세상을 굽어보니》 등이 있음. 유심문학회 회장.

장순금　　장승진　　전순복

정경해　　정　숙　　정연희

정이랑　　정일남　　정종숙

정주연　　조성림　　조승래

조영자　　조정이　　조창환

조태명　　주경림　　진명희

손

장
순
금

낙원에서 금단의 사과를 딴 손은 추락하여 돌밭에서 짐
승처럼 먹이를 찾고

지상을 나르는 손바닥은 수시로 뒤집어 요술 빗자루가
되고
모르쇠 등에 감춘 깜찍한 손이 되고

네가 내밀었던 손은 묵은 책 속 잉크 자국을 기억하고
그때, 물 묻은 손이라도 잡아 줄 걸

사과의 육즙에 베인
알 수 없는 손이 데려다 놓은 먼 오늘

벼랑에서 굴러떨어져 빨갛게 울던 기도에 간신히 매달린
가을

거미처럼 아슬아슬, 공중의 식탁에
위태로운 두 손으로 받아낸 한 알의 붉은 참회

바람이 자빠뜨린 예감에 손을 벤,

장순금 _ 부산 출생 동국대학교 문예대학원 문예창작학과 졸업. 1985년 시 전문지 《심상》 등단. 시
집으로 〈얼마나 많은 물이 순정한 시간을 살까〉 등 7권. 동국문학상. 한국시문학상 수상. 한국시인협
회 상임위원장 역임. 현재 한국가톨릭문인회 이사.

존재의 증거

장
승
진

나는 나를
무엇으로 말하지?

애꿎은 손가락 펼쳐놓고
끝없이 탁본하는 사람들
휴대폰에도 지문등록 힘들어
홍채 등록했는데
보안상 늘 불충분한 이 몸을 어이하리

난 어떤 우주에서 온 걸까
열손가락 무늬로도 판별 안 되니
이 땅에서 나눴던 수많은 악수와
떨리던 감촉과 축축이 땀 배던 흥분과
손 걸고 다짐한 소중한 약속들
출처 미상의 난수표가 되는 건가

아름다운 지구별 여행 마치고
언젠가 돌아가는 날
내 암호 같은 그림자 하나
손잡아 맞아 줄 이에게
나는 무엇으로 나를 증거할 수 있을까?

장승진 _ 1991년 《심상》, 1992년 《시문학》 신인상 등단. 시집으로 〈한계령 정상까지 난 바다를 끌고 갈 수 없다〉 〈환한 사람〉 〈빈 교실〉과 전자시집 〈그 겨울 상사화〉가 있음. 갈뫼, 삼악시 동인. 현재 춘천 문협 회장, 강원문협 부회장.

전
순
복

공손한 수화手話

손가락은 할 말이 많다

너를 최고라고 치켜세우고

삿대질하고

은밀하게 숨겨놓은 애인을 암시하고

엿이나 먹으라고 욕설하고

긍정의 엄지와 부정의 검지가
하루에도 몇 번씩 타살의 총구를 겨누었다가

'내 탓이요'
총구를 돌리는

반란과 충직의 언어

전순복 _ 2015년 《시와소금》 등단. 2014년 《에세이문학》 수필 등단. 시집으로 〈지붕을 연주하다〉가 있음.

손

소금시
손

정
경
해

시골에서 보내온 택배 한 상자
테이프로 어머니 마음 겹겹 둘렀다

어머니는 상자 속에 많은 말씀을 넣어 두셨다

둥글둥글 감자로 모나지 말고
무른 듯 부드러운 애호박으로 무난하게
옥수수처럼 함께하는 세상 살라 하신다
걱정스러운 듯,
마늘처럼 야물라는 당부와 함께

굽은 등에 업은 자식 웃음 흐뭇해
뙤약볕 아래 거름 주고 풀 뽑으며
구석구석 심었을 손길

상자 속에 파묻은 얼굴 눈가에 방울 맺히고
인자한 손 토닥토닥 눈물 받는다

검게 그은 어머니 손

정경해 _ 1995년 《인천문단》, 2005년 《문학나무》 신인상, 2016년 국민일보 신춘문예 당선. 시집으로 〈가난한 아침〉 〈술항아리〉 〈미추홀 연가〉 〈선로 위 라이브 가수〉가 있음. 시산문집 〈하고 싶은 그 말〉이 있음. 제27회 인천문학상, 제1회 인성수필문학상 수상.

정

숙

손

21세기 최신형 인공지능기도 따라올 수 없는 충실한 노예,
그 충성심 눈물겨워라!

정 숙 _ 1993년 **《시와시학》** 신인상 당선으로 등단. 시집으로 〈신처용가〉 〈위기의 꽃〉 〈불의 눈빛〉 〈
바람다비제〉 〈유배시편〉 〈청매화 그림자에 밟히다〉 〈연인, 있어요〉 등이 있음. 만해 '님' 시인 작품상.
대구시인 협회상 수상.

네일아트

어떤 색을 원하시나요?
사포를 문지르던
희고 가는 손가락이 묻는다

손끝엔 언제나 웃자란 시간이 쌓인다
바지런한 일상 끝 대면하는 곳에
열 개의 성이 있다
틈새마다 거칠게 피어난 살꽃들

움켜쥐려고만 하던 순간들
부끄러운 것들을 베어내고
헛손질을 부드럽게 잡아주는 일

폐허와 생성의 간격에 색을 입힌다
손끝의 변색
아릿한 지난날들의 반란
간절함을 꼽았던 날들이 환하다

색상이 마음에 드나요?
놓아주는 손이 묻는다

정연희

정연희 _ 2017년 전북일보, 농민신문 신춘문예 당선. 2016년 신석초, 김삿갓 전국 시 낭송대회 금상
수상. 2018년 경기문화재단 문화예술 창작기금 수혜.

정이랑

손

사용하고 있으면서도
고마움을 잊고 산다

이런 저런 숱한 일들을
하루 종일 부려 먹는데,
아무런 불평을 하지 않는다

사람들은
당연한 것들에 대해서는
무딤이 배어 있는 것 같다

남편은
지금 이 순간도
나에게 밥을 차려 달라고 한다

정이랑 _ 경북 의성 출생. 1997년 《문학사상》 신인 발굴로 등단. 1998년 대산문화재단 문학인창작
지원금 수혜시인 선정. 시집으로 〈떡갈나무 잎들이 길을 흔들고〉 〈버스정류소 앉아 기다리고 있는,〉 〈
청어〉가 있음. 현재, 대구시인협회, 대구문인협회 회원

손에 관한 시

손을 높이 들어 깃발을 흔드니
하늘에 꽃이 피고
내 손에도 꽃이 피었다

만나면 서로 악수하던 사람들
어쩌다 역병이 만연해
악수를 접어버리고
주먹으로 대신하니
인정이 넘치던 세상은 변했다

고사리 순 모양 보드라운
아기의 손이나 한번
쥐어 봤으면

정
일
남

정일남 _ 강원 삼척 출생. 1970년 강원일보 신춘문예 시 당선. 시집 〈훈장〉 〈감옥의 시간〉 〈밤에 우는 새〉 등 다수. 산문집 〈명작에 얽힌 일화와 생애〉 등. 공간시낭송회 상임 시인.

정
종
숙

무엇을 쓸 것인가

장을 꿰매고
비에 젖은 은행잎처럼 누워 있던 엄마가
종이와 연필을 가져오라고 했다
말도 못 하실 형편에
무슨 중한 말씀하시려는 건지
자못 떨리는 마음으로
펴 드린 종이에
흔들리는 손으로 쓴 글씨
"간호사에게 음료수 사다 드려라."
글자는 지렁이처럼 기어 화단으로 들어갔다
겨울 나뭇가지 같은 손으로 쓴 글자가
경전처럼 느껴졌다

나는
무엇을 쓸 것인가

정종숙 _ 2020년 《시와소금》 신인상으로 등단.

손

정
주
연

변기 청소를 끝낸 거친 손
듬뿍 로션을 바른 후 반지를 끼어본다
세상에서 제일 찬란한 보석반지를 끼어 보지만
왜 이리 손이 쓸쓸 할까요
실상 보석보다 더 말없이 빛나는 것은
살림살이로
세상을 매만져 온 누구의 마디 굵은 손가락인 것을
귀와 천을 모두 만지고도
언제나 빈손인 채로 돌아서 온 손은 본시 아무 말이 없다

사람의 마음은 가슴속에
아니면 머릿속 어디에 있다고 무심코 생각해 왔지만
수고로 행하는 이만이 가질 수 있는
거룩한 마음은 늙은 손이 가지고 있었네요
손은 그저 하녀이기만 한 것 일까
마디 굵은 오른 손가락에 눈물 같은 진주반지로
침묵의 金冠을 씌워주며
손가락이 반지를 끼는 진정한 이유를 새겨본다
하느님은 심판 날에 손을 보이라고 하신 다지요
·

정주연 _ 2001년 평화신문 신춘문예 등단. 시집 〈그리워하는 사람들만이〉 〈하늘 시간표에 때가 이르면〉 〈선인장 화분 속의 사랑〉 〈붉은 나무〉가 있음.

조
성
림

손

유년에서 죽음에 이르기까지

곁에서 그림자가 되어
하나에서 열까지

먹여주고 씻어주고 닦아주고 입혀주고
밤새운 사랑의 고백을 대필도 하고
선하거나 악한 일도 도맡고

심지어는
관능의 음부에서
저 촛불과 같은 기도에 이르기까지

영혼의 표현으로
세상의 파도를 앞서 헤쳐 나가시다

조성림 _ 2001년 《문학세계》 신인상 등단. 시집으로 〈지상의 편지〉 외 6권. 시선집 〈낙타를 타고 소금 바다를 건너다〉가 있음.

고마운 손

조
승
래

굵기나 길이와 이음 부분이 조금만 달라도
운이 다르다는 운명선 감정선 두뇌선 생명선을
저마다 손바닥에 두고 살지만

숟가락 잡을 수 있고 시라도 몇 줄 쓸 수 있어서
남 탓 하지 않고 손가락 조금 구부리고 살며
겨워 손수건으로 눈가를 닦을 때가 행복한 순간임을 알지요

두 손은 포개게 되고
고마운 사람 사랑하는 사람에게 기도하는 것이
너무나 큰 행운이고요

내가 내 손을 감싸다가도
꼭 들어오는 아기 손이 곁에 있어
여간 축복받은 사람이 아니지요

곤지곤지 쥐락펴락 하면 운은 트이고
손금도 다 이 안에서 가야할 바른 길 찾아가지요
공손히 합장하니 오늘 중요한 일은 다 한 것 같아요

조승래 _ 경남 함안 출생 2010년 《시와시학》으로 등단. 시집으로 《어느 봄바다 활동성 어류에 대한
보고서》 외 6권. 현재 한국시인협회 이사.

조
영
자

이제는, 꽃

분꽃이 제 몸 사려 꽃잎을 오므릴 때
혼자 된 친정어머니 손톱을 깎고 있다
마당귀 볕살을 바라 실눈을 가만 뜨고

가난으로 범벅이 된 아득도 한 젊은 시절
기제사 스물 몇 번 종가를 받드느라
팽팽한 생의 이랑엔 손톱 자랄 틈도 없던

새벽별 그림자에 푸른 힘줄 세우던 손
끝도 없이 쌓이는 일 손금조차 다 닳았다
아흔 살 기도하는 손, 이제야 피는 꽃잎

조영자 _ 2003년 《열린시학》 신인상 당선으로 등단.

금계국

소금시
손

조
정
이

강변로 양쪽으로
금계국 무리가 도열 해 손뼉을 친다

금메달리스트가 되어 강원도를 방문한
어느 체조 선수를 맞아주던 고향 사람들 환한 아우성처럼
바람 쪽으로 흔드는 함성

상 하나 받지 못한 내가 이 길을 지나가도 될런지
민망하기까지 한 환대를 받아본다

길목까지 배웅 나온
저 손바닥 행렬에 움츠렸던 숨 깊게 쉰다

차창을 내리고
운전대에 머리 닿도록 목례를 하고 돌아보니
변곡점을 돌아나갈 때까지 박수를 치고 있다

조정이 _ 2017년 《문학도시》 신인상 등단. 시집으로 《랍비, 저수지에 있다》 외 1권.

조
창
환

이 손 보아라!

쭈그러지고 일그러지고 허물 벗어진 손
방호복 속에서 땀에 젖고 짓물러져
손금도 안 보이고 지문도 안 보이게
두 겹 세 겹 장갑 끼고 진종일 일한 손

레벨 D 보호복 입고, N95 마스크 쓰고, 고글 쓰고
두 시간씩 교대로 병동에 투입되어 하루 여덟 시간 일한 손
PCR 검사하고, 발열체크하고, 혈액검사하고
코로나 환자 쓰던 이불 옷 폐기하고 침상 소독한 손

세상 떠나신 분 허공에 흔들리던
손잡아드린 손, 위로해드린 손
고맙고 미안하고 눈물 나는 손
세상에서 가장 아름다운 손

이 손 보아라!
쭈그러지고 일그러지고 허물 벗어진 손
경기도의료원 이천병원 이학도 간호사 손

조창환 _ 1973년 《현대시학》으로 등단. 시집 《저 눈빛, 헛것을 만난》 《허공으로의 도약》 《벚나무 아래, 키스자국》 외 박인환상, 편운문학상, 한국시협상 등 수상.

카운터펀치

소금시
소

조
태
명

검은 비닐로 쌓인 팔각 철망 케이지
문이 닫히면 출구는 봉쇄된다
벗어날 수 있는 열쇠는
상대를 눕히던가 내가 고꾸라지던가
한번 링에 오르면 되돌아갈 수 없다

관중들 함성과 동시에 시작종이 울린다
거리를 좁히는 상대의 몸놀림이 코브라 같다
니킥, 미들킥, 하이킥이 날아들고
상대의 주먹과 엘보를 양손으로 막아보지만
눈두덩이 찢어지고 코가 뭉개진다

주먹을 뻗어 보지만 거리가 멀다
전진하는 순간 상대의 강한 펀치에 턱이 돌아가고
물러날 곳 없는 막다른 코너에 몰리고
손가락에 눈이 찔려 시야가 흐려진다
별이 번쩍 보이더니 함성소리는 방언이 된다

카운터 노리던 손이 부르르 운다
상대 손이 하늘 높이 들려진다
매트 위 붉은 꽃 핀 자리 일그러진다

조태명 _ 2018년 《시와소금》 등단. 행정학 박사. 현재 용인문학회 회원.

덩굴손, 허공손

주
경
림

씨앗 뿌린 적이 없는데,
옥상 화단에서 강낭콩이 싹을 틔웠다
옥잠화 꽃줄기에 기대어 쑥쑥 자라더니
이제, 허공이다
덩굴손은 잡을 것이 없어 휘청,
허공이 덩굴손을 잡아준 듯,
허나, 그것도 잠시 허공은 허공일 뿐,
강낭콩이 덩굴손 끝을 동그랗게 굴려
조그만 올가미를 만든다
그 올가미로 허공을 말아 제 줄기를 붙잡는다
제 몸을 지지대 삼아 잠시 쉬어간다
정작, 어려울 때는 주위에 아무도 없어
내 자신만이 위안이 되듯, 그렇게
강낭콩은 제 줄기를 잡고
라일락 줄기로 건너뛰려고 힘을 모은다

주경림 _ 1992년 《자유문학》 등단. 시집으로 《뻐꾸기창》 외 다수. 한국시문학상. 한국꽃문학상 등 수상.

손뼉

기쁨이 넘칠 땐
손이 터지도록 손뼉을 친다

뺨을 덮을 만큼 입이 커지고
두 눈이 눈썹만큼 가늘어질 때까지

손은 손가락 마디마디에
이야기를 심는다

때때로, 남의 아픔으로
나의 기쁨을 모은다

영원이라 할 수 없는 시간들에게
깊이 머리를 숙인다

진명희 _ 2000년 《조선문학》 등단. 시집으로 〈고구마껍질에게 고함〉 외 6권. 충남문화예술상, 매헌 문학상, 국제문학 올해의 작가상, 충남시협 작품상 등 수상. 현재 충남시협 감사, 충남문학 시분과 이 사, 조선문인회 부회장, 충남펜문학 운영위원, 〈충남시대〉 논설위원 겸 문화국장.

소금시
손

진명희

채재순　최수진　최숙자

한성희　허형만　홍사성

홍재현　황미라　황상순

채
재
순

오른손 달래려 살풋 얹은 왼손

오른손 달래는 왼손
스스로를 달래는
최선 혹은 최소의 위로
자신에게 기대는
누구의 위로도 그다음일 수밖에 없는
무던히도 다치고 다쳐서 귀가하는 날들
마음을 다쳐 몸까지 욱신거리는
얽힌 문제로 긴 밤 지새는 동안에도
오른손 달래려고 살풋 얹은 왼손
다독이며 기도할 수밖에 없음을 아는 자의
말할 수 없는 아픔 이겨내는 꾹 다문 입술과
저 손의 아우라

채재순 _ 1994년 《시문학》 등단. 시집으로 《복사꽃소금》 외 3권 강원문학 작가상 수상. 현재 속초 청호초등학교장

소금시

소

어릿광대의 아리아 -춘천마임축제를 보고

최

수

진

어둠이 제법 내려앉으면 나는 눈물 없이 울기 시작해요
그리곤 힘껏 물의 정령을 깨우지요
어서 오세요, 이 아름다운 나라에 잘 오셨어요

나는 섬세한 손길로 세상 어디에도 없는 집을 지어요
벽돌로 사방을 치고 지붕도 얼기설기 엮었어요
이 작은 보석상자엔 파랑새 한 마리 살죠
코발트색 피부를 가진 말괄량이 아가씨
나는 그녀를 어루만지고 얼러 구경꾼들의 혼을 쏙 빼놓지요

손가락 사이사이 웃음과 해학이 몽글몽글 피어나면
모래가 알알이 반짝이듯 눈동자들이 데굴데굴 굴러가요
그러다 그녀의 깃털을 당기면 앞선 조무래기들이 까르륵
거려요
나의 손짓에 시간도 덩달아 가던 걸음을 멈춘 듯해요

도시는 어느덧 유희遊戲의 가로등이 되어 낭만을 밝혀요
여기서 살아 숨 쉬는 나는 물의 나라 춘천의 밤도깨비지요

최수진 _ 1988년 강원 춘천 출생. 한림대학교 행정학과 졸업. 2021년 《시와소금》 등단.

엄마의 아픈 손가락

—엄마
오늘 밤 손톱에 봉새꽃* 들일까?
—야는 무슨 다 늙은 손에 꽃물은…

올여름
유난히 실한 꽃잎을 보다가
눈물이 핑 돌았다

세 살 홍역에
스무 살 엄마는 손가락을 잘라
선홍빛 방울방울 마중물 되어
간신히 붙잡은 첫 새끼
백설을 이고 앉아
저쪽 세상 불 밝혀 달라고
손톱에 꽃불을 놓는다

하늘 강 건너다 길 잃어도
손톱에 꽃물 보고 찾아야 한다며
둘이는 생인손처럼 싸매고
또, 한밤을 건너고 있다

* 봉새꽃 : 봉숭아꽃의 강원도 사투리.

최숙자 _ 강원도 강릉 출생 2004년 《문학마을》 등단. 시집으로 《내가 강을 건너는 동안》 《안개의 발
》이 있음. 관동문학회, 강원문인협회 회원, 한국문인협회 양양지부 회원.

오이넝쿨

한
성
희

　무엇이 엄마를 불러내는 것일까 당신 가슴이 두근거릴 때마다 정류장을 찾는 것이 버스가 보일 때마다 손을 흔드는 것이 끼니를 거르면서 숟가락을 물고 늘어지는 것이 무엇일까

　흔들리며 어딘가 떠나려고 손아귀에서 멀어지려고 제 그림자를 거두는 일일까 버스가 보이지 않을 때까지 어느 곳인가 기별을 전하려고 손을 흔드는 것일까

　끊어진 신경망으로 손금 같은 노선도를 찾아야 하는데 아무리 눈을 감았다 떠도 오이넝쿨만 신작로로 뻗어 가는데 그래서 엄마는 몸집보다 큰 그림자를 끌고 바둥거리는데

　아무도 모르게 흔들림에 업혀서 천천히 흘러가는 저녁, 길에서 누군가 노란 오이꽃으로 일어난다 엄마는 놓친 손을 찾는 것이다 기어서라도 손금이 사라질 때까지 구부러진 손 하나를 찾아가는 일이다

　죽은 길을 살려내듯 손사래를 젓는데 숨소리 거칠어지며 붉은 핏물이 능선에서 쏟아진다 끝까지 길 밖으로 몸 밖으로 쓰러지지 않으려는 듯 맨발을 딛고 오이 손아귀를 완성하는 중이다

한성희 _ 서울출생. 2009년 《시평》 등단. 시집으로 《푸른숲우체국장》 《나는 당신 몸에 숨는다》가 있음. 논저 《임강빈 시 연구》. 한국문화예술위원회 아르코문학창작기금 수혜(2015, 2019), 세종도서문학나눔(2016), 아르코문학나눔(2020) 선정.

어느 별의 모스부호

모스부호가 수신되었다
다섯 손가락 끝에 불을 붙여 소지 올리듯
오른손 손끝저림이 와서
연필과 젓가락을 쥐면 찌르르 흐르는 전류,

어느 별에서 보내오는 전언이다

잠 못 이뤄 뒤척이는 검푸른 산중의 밤
미닫이문을 밀고 바깥으로 나갔다
첩첩한 앞산과 뒷산을 넘어 떠 있는
오늘 밤 별똥별 잔치 저 별
페르세우스

내가 나에게 보내는
모스 부호를 듣지 못할까 봐 고요에 귀를 기울였다
피돌기를 제자리로 돌려놓는 원시의 밤이다.

한이나 _ 충북 청주 출생. 1994년 《현대시학》으로 작품활동 시작. 시집으로 《플로리안 카페에서 쓴 편지》《유리 자화상》 외 4권. 서울문예상 대상, 한국시문학상, 대한민국시인상 대상, 영축문학상 등 수상.

손

어쩌다가 밖에 나갔다 들어오면 손부터 씻는다.
아무것도 묻지 않은 손인데도 비누는 믿지 못한다.
나는 백수白手, 쥘 것도 펼 것도 없는 백수.

우리 두 손 마주 잡고 환히 웃던 날이 언제였지?
우리 서로 껴안고 등을 토닥토닥해준 날이 언제였지?
나는 적수赤手, 가진 것도 바칠 것도 없는 적수.

허 형 만

허형만 _ 1973년 《월간문학》(시), 1978년 《아동문예》(동시) 등단. 시집 〈황홀〉 〈바람칼〉 〈음성〉 등. 중국어 시집 《許炯万詩賞析》, 일본어 시집 〈耳な葬る〉, 이론서 〈영랑 김윤식 연구〉 〈허형만 교수의 시창작을 위한 명상록〉 등. 한국시인협회상, 영랑시문학상, 윤동주문학상, 공초문학상 등 수상. 현재 국립목포대학교 국문과 명예교수.

나의 착한 왼손은

홍
사
성

늘 서툴다 하는 일마다 낯선 땅
불시착한 여행객처럼 어찌할 줄 모른다
숟가락질하면 밥알 떨어뜨리고
글씨는 삐뚤빼뚤하고

언제나 보조역이다
권투로 치면 결정적 한 방이 아닌 잽
체조할 때는 좌우대칭으로 움직이는 게 고작
그 밖의 일은 잘 못 한다
다행은 뭐든 잘하는 오른손 짝이라는 것
덕분에 박수칠 때
자판 칠 때 한 몫 한다
하지만 오른손 노릇하겠다고 나댄 적은 없다

기죽지는 않는다 부끄러워하지도 않는다
왼손 없으면 안 되는 일 제법 있고
가끔 중하게 쓰일 때 있으니
그저 제자리 지키며 산다

홍사성 _ 2007년 《시와시학》으로 등단. 시집으로 〈내년에 사는 법〉 〈고마운 아침〉 〈터널을 지나며〉
등이 있음.

소금시

바람 손

저기 좀 봐!
아기 새가 날기 연습을 시작하려나 봐.
무서운가?
우리가 도와줄까?

여길 좀 봐!
네 손을 잡아줄게.
네 모든 날갯짓에 하이파이브 해줄게.

이걸 좀 봐!
아기 새가 우리 손을 잡았어.
날아올랐어!
더 높이 더 멀리 날아가고 있어.

잊지 마!
네가 날갯짓하는 모든 순간에
박수를 쳐줄게.
우리, 바람 손들이.

홍재현 _ 2020년 《시와소금》 신인상 동시 등단.

세상의 손

황
미
라

거미줄을 따라가면
그 끝에서 만나는 것이 있다
처마 밑이나 나뭇가지, 하다못해 썩은 지푸라기라도
거미줄은 부여잡고 있는 것이다
거미줄의 처음과 끝이 닿아 있는
거미줄보다 절대 먼저 놓아버리지 않는
힘겨울 땐 언제나 잡아보라고
이 세상 손이 사방 뻗어 있는 것이다

황미라 _ 1989년 《심상》 신인상 당선. 시집으로 〈두꺼비집〉 〈털모자가 있는 여름〉 외 다수. 현재 〈표현시동인회〉 회장.

월식

소금시
손

황
상
순

신혼여행에서 돌아온 아들이
이윽고 제 집으로 떠났다
엄마가 챙겨준 참기름 들기름
아침에 먹을 갈비탕 한 냄비를 들고
택시를 타고 갔다
고소한 기름 냄새가 내내 진동하길 바라며
택시 꽁무니에 대고 손 부채질을 했다
달이 그림자에 드는 늦은 밤이었다

황상순 _ 1999년 《시문학》 등단. 시집으로 〈어름치 사랑〉〈사과벌레의 여행〉〈농담〉〈오래된 약속〉〈비둘기 경제학〉 등. 문예진흥기금(2002, 2007) 수혜, 한국시문학상 수상.

시와소금 시인선 135

소(테마시집)

ⓒ소금시집발간위원회. printed in Seoul, Korea

초판 1쇄 인쇄 2021년 11월 25일
초판 1쇄 발행 2021년 11월 30일

지은이 강영환 외
펴낸이 임세한
펴낸곳 시와소금
디자인 유재미 정지은

출판등록 2014년 1월 28일 제424호
발행처 강원도 춘천시 충혼길 20번길 4호 (우 24436)
편집실 서울시 중구 퇴계로50길 43-7 (우 04618)
전화 (033)251-1195(팩스겸용), 휴대폰 010-5211-1195
전자주소 sisogum@hanmail.net

ISBN 979-11-6325-037-1 03810
값 10,000원

송금계좌 : 국민은행 231401-04-145670